U0009629

LOCUS

LOCUS

LOCUS

LOCUS

catch

catch your eyes ； catch your heart ； catch your mind ……

catch 40 羨慕の飛行

作者：施吟宜
責任編輯：何若文
主編：韓秀玫
美術編輯：謝富智
法律顧問：全理法律事務所董安丹律師
出版者：大塊文化出版股份有限公司
台北市 105 南京東路四段 25 號 11 樓
www.locuspublishing.com
讀者服務專線：0800-006689
TEL：(02) 87123898　FAX：(02) 87123897
郵撥帳號：18955675　　戶名：大塊文化出版股份有限公司
e-mail:locus@locuspublishing.com
行政院新聞局局版北市業字第 706 號
版權所有　翻印必究

總經銷：大和書報圖書股份有限公司
地址：台北縣五股工業區五工五路2號
TEL：(02) 8990-2588（代表號）　FAX：(02) 2290-1658
製版：源耕印刷事業有限公司
初版一刷：2002 年 2 月
初版2刷：2004年 5 月
定價：新台幣 250 元
ISBN 986 7975-08-1
Printed in Taiwan

國家圖書館出版品預行編目資料

羨慕の飛行 / 施吟宜著 .— 初版
— 臺北市：大塊文化，2002 [民 91]
　面；　公分 .—— (catch；40)

　ISBN　986-7975-08-1(平裝)

855　　　　　　　　　91001067

羨慕の飛行

美麗空姐的祕密花園

施吟宜◎著

目錄

Flying and Life   007   飛行生活

My Luggage   015   我的行李

The Symptoms You Know About Flight Ailments   023   你所知道的和不知道的搭機症狀

Some Differences between Eastern and Western Airlines   027   東西方航空公司的氣質差異

Customs and Immigration   031   移民局與海關

Airports and Airplanes   035   關於飛機以及機場

I Love New York   039   我愛紐約

Central Park   047   中央公園

Cooking for Friends   053   做菜給朋友吃

The Inimitable Cooking Craft of the Kelly Family   057   廚藝超凡的加拿大友人 Kelly 一家

Eating in the Dining Car   065   在餐車裡用餐

Encountering a Fox   071   遇見狐狸

Canadian Souvenirs	077	採購自加拿大的紀念品
Special Feelings for Germany	083	不解的德國情懷
Memories of Paris	095	巴黎印象
8 Days in Rome	107	羅馬 8 日遊
I Ate Baked Camembert in Prague	113	在布拉格吃烤卡蒙貝爾乳酪
Mrs.Ikee 's Orange Marmalade Drumsticks and Plum Wine	125	池江夫人的橘子醬棒棒腿和梅酒
My Eating Habits	129	我的飲食習慣
Hong Kong，Pearl of the Orient	133	東方之珠——香港
Eating New Year's Eve Dinner Alone	139	一個人的年夜飯
Rediscovery in Thailand	145	2001 年泰國新體驗
Postscript	154	後記

My Flying Life
飛行生活

常有新認識的朋友問我當空服員幾年了？10年這個答案通常叫人大吃一驚，有時候我還會很皮地接著說，那你期望的答案是20、還是30？我不知道是不是我的表情看起來不夠成熟，還是我的舉止不夠穩重，污衊了這個數字，同一個工作做了10年應該是值得敬佩的吧!?尤其是這種看起來完全沒什麼出息的工作。（其實不只是看起來……）

有些年輕女孩會嚮往飛行，對這個工作抱著羅曼蒂克的想法。一般來說，待個兩、三年存點錢也圓了空姐夢，就辭職出國進修或是轉行的比較多，一不留神飛久了以後就比較難離開了。因為年紀大了，又沒有別的工作經驗，除非很有毅力，否則怎麼拉下身段去做月薪兩萬元的工作？空服員的生活其實很封閉，航空公司又一向喜歡塑造高級的感覺，生活在這個圈圈裡的象牙塔裡難免養成自以為是的潔癖，再加上常常都不是在週末休假，很難去建立新的朋友關係，平常在一起混的多半還是同事。久而久之，我發現自己和住所所在的台北難免有些脫節，尤其我獨居，而且不看電視，於是很多事情在不知不覺中漸漸改變了。我甚至覺得我們成了孤單的一群，生活作息、飲食起居、價值觀、職業病……等等。我們常常很累，工作得太累下飛機之後的一個小時

裡，我通常還有點聽覺障礙。除了沒事可做地待在異國飯店裡努力睡覺之外，通常是大夥約了出去吃喝，犒賞疲憊的身軀，我發現空服員大多都還滿捨得花錢吃東西的。

吃是一件大事，年輕的時候即使對許多東西好奇了，口袋裡也湊不出幾個錢來，所以不太把心思放在吃上面。當了空服員之後手頭鬆了一點，又有一大群休假時間比較相同，可以湊在一起陪吃的同事，結婚生子、回歸家庭的除外，單身的很多是早上睡覺，下午逛街、喝茶，晚上約會。我很記得剛開始飛的那段日子，正在適應新環境、新生活型態，一切都還很新鮮，不上班的時候最流行約一大票也沒班的同事去喝下午茶，聊工作心得、聊八卦，互通訊息學經驗。那時候我們有「惡姊姊排行榜」，一些比較會磨人、要求嚴格的姊姊都很有名，我們按照名字開頭的第一個字母做成這個排行榜，如：A 的 Athena、B 的 Beatrice、C 的 Cameron、D 的 Diana……等等，一時蔚為熱門

話題，陪我們渡過好幾個寒暑。也許現在我們也榮登新空服員的「惡姊姊排行榜」而不自知呢！真是歲月如梭，流年暗中偷換。

因為工作的關係，常沒法好好吃飯，不上班的時候又沒人管，我非常糟糕，一向是不定時也不定量。我爸打電話給我的台詞常是：「還沒吃吧？……我就知道……」然後開始對我曉以大義，告訴我賺錢其實為的就是要吃飯；有時的確對吃飯抱著吊兒郎當的態度，不是很當一回事，但相同的飲食習慣其實很重要，想好好吃頓飯的時候絕對少不了選一瓶可以搭配食物的葡萄酒，再加上我嗜吃甜食，不吃甜食就覺得沒吃飽，如果一起吃飯的人不喝酒、不吃甜點，我雖然不至於覺得掃

興，但也會覺得滿可惜的，因為不能一起分享。

基本上，從事餐飲服務業五年以上的人都有資格參加品酒師考試，以便取得品酒師執照，公司很多空服員都已經拿到執照，可惜台灣並沒有舉辦這樣的考試！所以呢，很多習慣都是當了空服員之後才漸漸養成的，耳濡目染，潛移默化嘛！這樣說來，看得懂菜單、又會點菜的人應該可以跟我相處得不錯！（空姐滿難相處的吧）

東西看多了、吃多了，有時候興趣一來難免想要動手演練一番，何況還有找不到伴，或是不想出門的時候，如此這般，我收集了一些簡單的常備食譜。

咖哩炒飯

材料：

絞肉　100g
醬油、米酒　各1大匙
砂糖　1/2匙
洋蔥　1/2個切粗丁
沙拉油　1大匙
白飯　1碗
咖哩粉、番茄醬　各1茶匙
炸豬排醬（とんかつソース）　1茶匙
青椒　1個切成1cm見方大小

作法：

1. 鍋子裡放入絞肉、醬油、米酒、砂糖翻炒至熟後先盛起備用。
2. 炒鍋裡放入沙拉油1大匙，然後加進洋蔥，炒軟後加入白飯和炒好的絞肉。
3. 再加進咖哩粉、番茄醬和炸豬排醬翻炒均勻。
4. 最後加入切好的青椒，快速翻過炒勻之後就可以起鍋。

皇家奶茶以及肉桂奶茶

材料：
水 3/4 杯
236cc 鮮奶 1 盒
茶葉 1 大匙
方糖 2 顆
白蘭地酒數滴或肉桂粉 1/2 茶匙

作法：
1. 鍋裡放入水 3/4 杯及茶葉 1 大匙以中火煮。
2. 茶葉大致煮開了之後加入牛奶，煮至沸騰之後，加入方糖，熄火。
3. 煮好的茶倒入預先溫過的杯子，喝之前加入白蘭地。

★若是肉桂奶茶，在步驟 2 加方糖的時候一併加進肉桂粉 1/2 茶匙，步驟 3 的白蘭地不加。

幾種愛用的茶：

原產於印度，含焦糖的茶葉香味非常地特別。

伯爵茶。除了飲用之外，也常被用來製作糕點。

加了橙花和玫瑰花瓣的紅葉，被用來做為婚禮的紀念品，可以把新人名字印在標籤上。

可以增加風味的紅茶用香料，成份是薑和茴香。

紅茶用香料，含有肉桂、丁香和肉荳蔻（nutmeg）。

尼斯風沙拉

材料：
米飯 250g
蛋（煮熟） 1個
鮪魚罐頭 80g（1罐）
鯷魚 5枚
番茄 1個
青椒 2個
洋蔥 1/4個
大蒜瓣 適量
黑橄欖 適量
酸豆（caper） 1大匙
紅酒醋 1/2大匙
胡椒粉 適量

作法：
1. 蛋切6瓣，鯷魚切碎，大蒜切片，番茄、青椒、洋蔥切丁。
2. 把全部材料均勻混合即可。
★米最好用幾乎沒有黏性的帕斯馬地米（Basmati rice），帕斯馬地米原產於喜馬拉雅山麓，形狀狹
　長，烹煮前需至少浸泡30分鐘，或者用1.2倍的水去煮。
【註】：酸豆（caper）原產於地中海沿岸，是一種灌木的花蕾製成的。

My Luggage

我的行李

當空服員很多年了，累積的年資漸漸成為一個嚇人的數字。剛開始那幾年是活力充沛，而且充滿好奇的，不管飛到那裡去都在外面東奔西跑，不會乖乖安份地待在飯店裡，一定要盡可能的了解那些還很陌生的城市。

這些年倒是變了，大概去的地方也就那些，都已經熟得不能再熟了。有時候縱使在外站有一整天的暫時停留，也只是懶洋洋地留在飯店，看看書報，補補眠。這陣子我就常在飯店房間裡畫畫，一方面是懶得出門，另一方面是冬天台北沒有暖氣的家，讓怕冷的我有了難以振作起來的藉口，常常窩在床上成不了事。國外飯店都有空調的，24℃的室溫才能讓我停止懶散，起來正常活動。

那時候自己請年假出去玩時，也忙著去不同的國家、不同的城市。因為好奇，也像某一種收集，生怕自己去過的地方太少，現在我不再忙著到處跑了。雖然我一向對歐洲情有獨鍾，目前，德國仍然位居我最喜歡國家的首位，而最喜歡的城市則是豐富而藝術性很高的紐約和頹廢而充滿美感的巴黎。所以，不管年假再怎麼不夠用，也還是一再的舊地重遊。離譜的是，常常我一到甘迺迪機場準備搭機回台灣時，就已經開始想念紐約了！想走又不想走的複雜情緒，不知道這算不算也是一種鄉愁？

這樣的生活過慣了，我常

常覺得我的日子就是不停地在打包行李、整理箱子準備出門、整理箱子準備回家。如此這般，也練就了一身打理行李的絕技，重的、不怕擠壓的東西放下面，隨身用品都是小罐裝的（大約兩三個星期的用量），衣服千萬要帶不怕皺的，省得自找麻煩。我特會塞東西，行李箱有時候還滿到得整個人坐到箱子上去壓才能把蓋子蓋上，對好鎖孔。我常常開玩笑說，自己辭職不做空姐以後，其實滿適合去當捆工的！箱子整理得好不但可以確保家當的完整，而且方便省時。如果不幸遇到過海關

時被要求開箱檢查，也不至於因為箱子太亂而尷尬了。

我的隨身行李一向很多，該有的化妝、保養品樣樣不可少，光是指甲油就有五、六瓶，更別提洗髮、潤絲精和順髮露，身體乳跟護手霜當然不是同一瓶，還有芳香療法用的精油和各項道具，外出便服的配件也準備齊全，手提包、外出鞋、圍巾、皮帶、太陽眼鏡、髮夾、手錶……冬天時，也不吝惜把又厚又長的大衣、手套帶出門。再視心情挑幾本書一起帶去上班，因為我們的班越排越長，不是過一兩個晚上，和同事出去吃吃飯，再逛個街就可以輕易打發的，或者在無聊的外站停留一天，或者在中正機場過境四、五個小時，總得儘量找些事情做。有時候，我還真是羨慕那些很能睡的人。

雖然我非常不怕麻煩地把這些家當帶在身邊，方便是方便，其實也成了這些東西的奴隸；也許那一天我會頓悟也說不定！完全不再需要這些身外之物的時候，我將可以成為一個真正自由的人。

硬殼的行李箱多半空的時候就很重了，而軟殼的行李箱雖然比較輕，但拖運過程的擠壓和碰撞常讓軟殼箱子裡的東西被壓壞，所以我比較偏愛硬殼行李箱，而且累了還可以坐在上面休息。

這口紅箱子是我出國旅行時專用的箱子，95年在巴黎買的，大小恰到好處，不至於裝滿東西後連自己都提不動，上面則貼滿了我旅行時收集來的貼紙。那次是因為我從台灣帶去的箱子居然「水土不服」，密碼鎖故障，任憑我耐心地從「000」試到「999」都無法打開，後來我費了九牛二虎之力，還請別人幫忙才「破箱而入」，然後就在塞納河畔的百貨公司買了這個箱子。

這紅色而且貼滿貼紙的行李箱非常引人注目，在機場常常有人盯著我的箱子看，似乎是在檢查我去過他的國家了沒？有些飯店幫我提行李的服務員還會主動送我飯店的貼紙，問我要不要收集。

手套不要太厚才好活動。

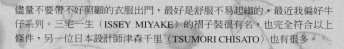

儘量不要帶不好照顧的衣服出門，最好是舒服不易起縐的，最近我偏好牛仔系列。三宅一生（ISSEY MIYAKE）的褶子裝很有名，也完全符合以上條件，另一位日本設計師津森千里（TSUMORI CHISATO）也有很多。

三宅一生的刺蝟裝永遠都那麼皺。

可以水洗的「シビラ」針織衫。

虎紋讓永不可
缺的牛仔褲添
了幾分性感。

不嫌披披掛掛麻煩的人，絕對會喜歡實用的披肩。

帆布手提包不怕壓、又耐髒。

Marc Jacobs 牛仔外套一年四季都可以穿。

PRADA 深咖啡色斑馬紋包其實很好搭衣服。

「縐紋裝」是棉質的，看起來不像三宅的衣服那麼挺而俐落，和藹可親很多。

另外，我的最愛其實是披肩，非常方便好用，搭飛機的時候通常會覺得冷，也正好拿來披。

素色短裙一定要搭配網襪。

山本耀司針織衣，當然不怕皺。

MARNI 清涼棉布衣適合穿去海灘。

miu miu 鞋狂在紐約以天價買來的鞋。

All There

你所知道的和不知道的搭機症狀

Is to know About In-flight Ailments

特別累的時候，從睡夢中醒來，我都得花幾秒鐘確定一下，自己到底身在何處，香港沙田？大阪難波？還是台北的家？又究竟是傍晚呢？還是上午十點鐘？更常常晚上在飯店沈沈睡去，才剛睡一兩個鐘頭吧，有電話來，竟誤以為是早上的 morning call，機械式地拿起話筒再掛掉，連眼睛都沒張開，很認命地就要起床梳洗，準備飛早班飛機了！等到睜開眼看了鐘，再看錶確認後，才敢相信夜根本還沒過去，而我居然以為自己已經睡足了整整一晚的覺，該準備上工了！所以呢，空服員絕對要有超強的適應力，才能不畏時空的錯亂，在這個特殊的環境裡好好生存下去。

常搭飛機的人大概都知道，因為飛機上相當乾燥，所以靜電很強，常會動不動就因為突如其來的觸電而受到小小的驚嚇，裙子有時也會整件貼在腿上，甚至梳頭髮的時候都會發現頭髮一根一根地豎立起來。曾經有乘客問我：「空服員是如何克服靜電的？」我想機內的靜電應該不至於令人困擾到需要想辦法去克服吧！衣服倒是可以噴點「克靜電噴劑」，免得太原形畢露。

血液循環比較差的人，最好不要穿鞋面較深的鞋子。我就是一個血液循環不好的人，有一次從倫敦飛香港，大約 12 個小時的飛行之後，在機內換穿拖鞋的我，腳腫到穿不回原來的鞋子。

因為工作的緣故，我們在飛機上的時間特別長，而且大部份時間都是站著的，幾

年下來，腿上的靜脈清晰可見。所以絲襪得選擇彈性強的，也就是丹尼數比較高的，一般的絲襪有個60丹就很了不起了，我穿的可是200丹的醫療襪，希望能延緩靜脈曲張惡化的速度。

當然，現在大家都知道坐太久也不是一件好事，2000年喧騰一時的事件，一位28歲女性乘客，在澳洲飛往英國的長途飛行之後，死於DVT。DVT（deep vein thrombosis）又稱為經濟艙症候群，即是因為在狹小的客艙中久坐不動而引起的痙攣症狀，如果血管中凝結的血塊進入肺部或腦部即有可能致命。另外，坐著的時候腰部承受的壓力比站立或是平躺時更大，我曾經在飛行14個小時之後腰痛的毛病發作，最後是到醫院去打了針才擺平。

還有，在飛機上喝氣泡性的飲料後，可能會因為在胃裡過度膨脹而撐得很難過，也不要因為含酒精飲料免費供應就喝了太多，在高空時酒量其實會比平時差一點，很多昏倒在機上的人都是因為飲酒過量。

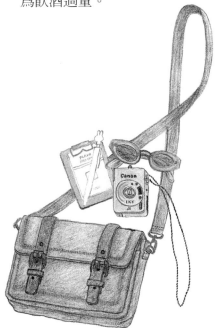

旅行時隨身小背包必備的內容物除了錢包、護照之外，還有絕不可少的太陽眼鏡，除了擋太陽之外，在飛機上也很好用，尤其是害怕靈魂之窗洩露太多表情的時候，因為我常在機上看電影看得一把眼淚、一把鼻涕的，自己都覺得羞死了，只好戴上太陽眼鏡裝酷。另外還有我那重量只有200公克的Canon APS相機和可以隨時書寫的筆，便條紙也是不可或缺的，這可以滿足我這愛亂塗亂寫的記錄狂。

鱈魚湯

材料：
鱈魚 150g
酒、薑汁 各1茶匙
鹽、胡椒粉 少許
水 2杯
雞湯塊 1個
太白粉、水 各1/2大匙
蝦球或魚丸 4個
蛋 1個

作法：
1. 鱈魚淋上酒、薑汁各1茶匙，並撒上適量的鹽和胡椒粉，然後放進微波爐加熱2分鐘後，再用調羹把鱈魚壓碎。
2. 水2杯加入雞湯塊一起煮沸，然後把微波好的鱈魚和切細的蝦球或魚丸加進來。
3. 把1/2大匙太白粉和1/2大匙水調勻，再加進湯裡攪拌均勻，然後打散一顆蛋，加進去繼續攪勻。

Some Differences

東西方航空公司的氣質差異

Between Asian
and
Western Airlines

一般來說，亞洲的航空公司比較制式，對員工的要求也一板一眼，從穿著打扮到對客人的應對都比歐美的航空公司嚴格很多。如何修養自己保持優雅儀態、提高客人的滿意度是每天都在檢討的，也許我這種天生不愛拐彎抹角、戴面具，有時候有點大刺刺的人根本不適合從事服務業。雖然經過這麼多年有些部份已經被同化，但是最近被公司大力提倡的「不要讓乘客覺得你很忙」，還有「不要讓乘客看出你今天的情緒」，老實說，我覺得實在太高難度了。

歐美籍航空公司的氣質跟亞洲的就大大不同了。首先，她們的制服通常很有變化，不但有套裝、洋裝，還有更便於工作的長褲、鞋子，只要是黑色的，不管是什麼款式都沒關係。髮型更是五花八門，留個長馬尾在身後甩來甩去，OK！抹了一大堆髮膠的龐克頭，OK！就算披頭散髮也可以！自己完全擁有自主權，更不用說化妝和其他零零碎碎的配件了。他們一定沒想過這裡有空服員量身訂做制服之後，五年簽約期限內身材不能改變；有些航空公司甚至規定新入社的空服員在受訓期間，要把頭髮剪成不碰領子的短髮，像髮禁時代的中學生，沒有其他選擇。

除此之外，歐美籍航空公司的經濟艙可能亮了十個呼叫鈴都沒人理；客艙某處天花板故障，裡面的氧氣面罩懸在機內盪來盪去，就這樣一路從香港飛到倫敦；空服員可能對乘客說尖銳刺耳的話，甚至大聲咆哮，只要他

覺得自己有理；這讓我們這種訓練有素的小媳婦型空服員簡直瞠目結舌。但有時候真的碰到一些特別無理，甚至危害公眾安全的乘客，我就很羨慕他們可以大聲地跟這些乘客講道理，或是採取一些必要的措施，而不必一直很蠢地陪著笑臉了。

我決定等辭職後，再好好來寫點航空公司的祕辛，諸如，為什麼有不少空姐有受傷變型很像恐龍的腳趾、如果你想要上級來找你談話，只要在頭上多夾幾支髮夾等等，聽起來很有趣吧！

藍莓蛋糕

材料：
奶油 60g
細砂糖 5大匙
蛋 2個
牛奶 120cc
低筋麵粉 200g
發粉 2茶匙
藍姆酒 1大匙
藍莓 100g
奶油、砂糖 各2大匙
低筋麵粉 12大匙

作法：
1.奶油放在容器中，並置於室溫使奶油變軟，然後依序加入
　砂糖5大匙、蛋2個、牛奶120cc和藍姆酒1大匙拌勻。
2.接著加入低筋麵粉200g和發粉2茶匙拌勻後加入藍莓。
3.大火加熱另一個小鍋，加入奶油和砂糖各2大匙，待煮溶後，一邊慢慢加
　入備好的12大匙低筋麵粉，一邊不停的攪拌，直到全部成為小顆粒狀。
4.把上面（2）中已做好的麵糊倒進20cm × 20cm 的烤盤，再把（3）全部均勻地撒在上面，再放進烤
　箱，用165℃烤45分鐘。

Customs and Immigration

移民局與海關

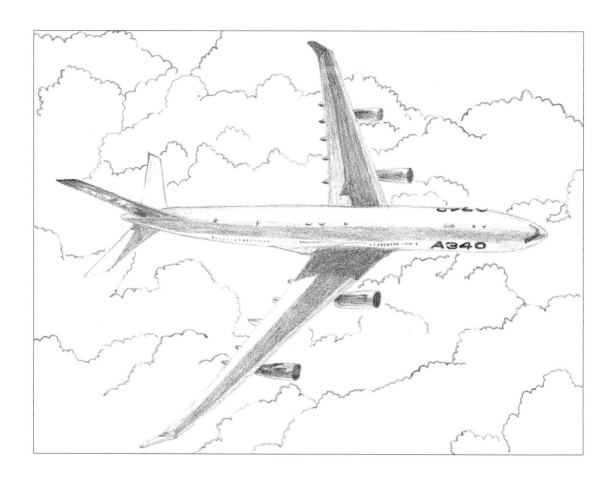

每次入境，總少不了要過移民局和海關，各地的移民局和海關也都各有自己的風格，例如：通常我們的行李是不太被檢查的，但大阪海關有一個胖胖的中年男關員老愛挑瘦高的非日本籍空服員檢查行李（非日籍組員需出示一張橘紅色的上陸許可書，然後告訴他，你有沒有東西需要申告，一般情況下並不需要護照），而他檢查得還真是巨細靡遺。有一次他不知道那根筋不對，居然要檢查我們同機包括前艙駕駛員的20名機組員的行李，因為無一倖免，加上他又檢查得太過仔細，我們等得有點煩，於是有一位個子小小的女孩跑出來幫他，開了另一個櫃檯。我們正慶幸也許那女孩會好一點，結果事與願違，那中年男海關是每人兩個箱子中抽檢一箱，這小個子女海關是你有幾箱就拆幾箱，後來我簡直是迫不及待地衝到男海關的櫃檯去請求他檢查我的行李，真是見識到了！10年來絕無僅有（肯定10年前也一定沒有）一般乘客通關都比我們快。

而曼谷機場的關員是非常酷的，通常是移民局的櫃子上已有飛機機組員名單在那裡，而關員已不知去向，一副任你自由來去的模樣。我們只要找出自己的名字，在應該簽名的地方簽名，然後再填寫上自己的年齡，離境時不要忘了簽上相同的數字就可以了。我通常都寫「22」，且多年不變。一次一個很皮的機長排在我後面，他故意裝出面帶威脅的表情說要去檢舉我，顯然他是偷瞄了我們的年齡。海關也是

一樣空無一人，我們只要由該走的出口出去就行了。

雅加達移民局關員老是趁我們遞給他護照時，跟我們要原子筆或是撲克牌，而我們只要身上有那些東西也一向有求必應，因為護照還在人家手上呢。

香港移民局關員會用廣東話發音唸你的名字，然後等你上前通關領證。有一次我忍不住說我的名字用廣東話唸起來真是難聽，他居然安慰我說人長得美就好，名字不需要好聽！

東京成田機場海關有一位關員喜歡以手提組員的行李，視重量決定要不要開箱檢查。我的的行李一向不輕，因為我老是攜帶許多書，便服也是從配件到鞋子樣樣俱全。有一次那關員提了一下我的行李試過重量之後，居然說，華籍組員行李都很重，日籍組員的行李就很輕！（My goodness！行李輕重跟國籍有絕對的關係嗎？）同行的 Lica 差點說出日本人不念書，行李當然輕的氣話。

Airports and Airplanes

關於飛機以及機場

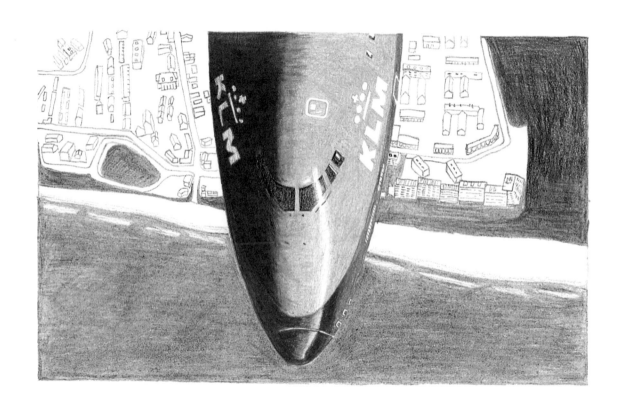

有些喜歡的東西時間久了之後會發現好像沒那麼喜歡了！但是，我對飛機的感覺則不然，算是歷久彌新的那種，也許是因為一直還待在這個環境裡的關係吧!?

最喜歡開車進中正機場時，正好有飛機在正前方的跑道上緩緩移動，然後我正要駛過機腹下方的那一段小隧道，不知道你經歷過沒？當車子飛馳過機腹下方短短的兩秒鐘吧，我竟然覺得非常驚心動魄！

有時候機場班機起降頻繁，甚至有點塞機，跑道上都是排著隊在等待塔台起飛指示的飛機，這時候從機內往外看，可以看到這一列乖乖排隊等待起飛，看起來龐大，又有點笨拙，像一隻隻大型動物的飛機，非常非常地可愛。

我們這些靠飛機吃飯的人對飛機有特殊的感情也是無可厚非的，有時候在客艙內看到小孩子不小心，或是玩膩了，把我們送給他們打發時間的飛機模型栽在地毯上，我一定要趕快把飛機扶正，那個畫面雖然不至於讓我呼吸困難，但感覺真的是有點不太舒服呢！

說到讓我印象深刻的機場，第一名當是舊的巴黎戴高樂機場，包覆在透明管子裡的手扶梯（也許我應該稱它們為手扶輸送帶）以一點點傾斜的角度，緩緩地運送旅客往上升，錯縱交叉在不算小的機場裡，我覺得它很前衛、很太空、很特別。怪不得法國人會拍出＜第五元素＞（The Fifth Element）那樣的片子。＜第五元素＞裡的空服員造型是出自設計師

尚保羅·高提耶（Jean-Paul Ganltier）之手，清一色金髮妹妹頭，有兩種中空、超短裙的制服，並戴著有透明翅膀綴飾的高帽子，非常正點！而我自95年冬天以後，沒再去過這稱為第一航站大廈的舊戴高樂機場，因為新的第二航站大廈的 2A、2B、2C、2F、2G 等等陸續啟用，第二航站大則大矣，方便卻沒了特色。

年齡頗輕的日本大阪關西國際機場和香港赤鱲角國際機場也相當不錯，但赤鱲角機場卻有點大而無當，為了抵達登機門順利登機，需要先下到底層搭乘聯絡電車，下了電車之後，再搭電梯上兩三層樓去尋找登機門；光是這樣一番上上下下已經挺累人了。以前在啟德機場轉機時，即便時間不多，趕一

下大概沒什麼問題，現在的赤鱲角機場簡直大得令人著慌，只好多安排點時間，起碼逛逛這名牌精品店最多的機場。

而上海浦東機場建好之前的虹橋機場非常擁擠，樓下是國際線專用，而樓上則是國內線；北京首都機場則分左、右邊，一邊是國際線，一邊是國內線；倫敦多雨，希斯洛機場果然也充滿了潮溼的霉味；高雄小港機場費時 10 年終於竣工，而停機坪已不敷使用；蘇美島機場稱為「terminal」的航站大廈只是不大的茅草覆頂的建築物。

飛行即生活，我很高興有這個機會，可以如此頻繁地去接觸我所居住的小小城市以外的大千世界。

I ♥ New York

我愛紐約

仔細算來，居然整整兩年沒去歐洲，這簡直不可思議！只要我有好興致，我是一點都不怕麻煩的。

　　旅行其實很麻煩，從決定行程、辦簽證、申請機票、時時注意預定搭乘班機的訂位人數（航空公司職員使用的各種優待票通常是不能訂位的，只有在有空位的時候才能順利搭上想搭的班機，而因班機客滿，帶了大批行李眼看飛機滑出跑道自己卻成了送機人的經驗，我就有兩次；而最後幾分鐘，地勤人員終於確定有空機位，才總算拿到登機證，馬不停蹄，氣喘如牛地往登機門奔去的次數更是難以計算）、找飯店、收集相關資料和打包行李，還有交代或事先處理不在台灣的時候一切需要辦理的瑣事等等，無一不麻

煩，但我一瘋起來就是可以在半年內出三次遠門。

　　這兩年不是因為失去興致，也不是走不開，或是有了家累，沒法玩了，而是專往美加跑。最近在 HBO 上重看了以紐約為背景的電影＜電子情書＞（You've Got Mail），讓我又興起去紐約過 Christmas 的念頭，剛從土耳其回來的朋友小川智帆提醒我，不要專去美加，該換地方了吧？土耳其也很值得去的。

　　最近剛去日本渡完假的好友 Lica，也是我去年夏末秋初一起去紐約的 partner，她從大阪給我帶回來紐約輸出到日本的 Dean & Deluca 的綜合香料當禮物，她說看到 Deam & Deluca 的束西真的好想紐約，什麼時候再找時間一起去？我看了好開心，

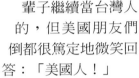

在紐約超市找到的盒裝小瑪芬蛋糕。

想到 1999 年 9 月 9 日晚上，我們各懷心事地坐在百老匯（Broadway）一家 Bar 裡喝調酒，那時候正在感冒的我只覺得冷，一杯「螺絲起子」只喝了三分之一，而我們卻都害怕自己不太開心的情緒會影響對方，於是很努力想要振作點，現在想起來卻覺得很溫暖、很感激。

在美國逛超市時，常常被它那種類繁多、琳瑯滿目的商品搞得眼花撩亂，就算只打算買一點點東西都要花好多時間，因為你有太多選擇了！那個時候我特別感受到美國的富足。問過一些朋友，如果有來生，下輩子想當哪一國人？沒碰過希望下

輩子繼續當台灣人的，但美國朋友們倒都很篤定地微笑回答：「美國人！」

紐約比較少有像美西那樣的超大型超市，但 Deli（熟食店）倒是不少。店小歸小，但是五臟俱全，什麼都有，除了那些各國風味的熟食之外，裡面也塞滿各式各樣的食品雜貨。我最喜歡一家位於 Soho，剛好在地鐵站出口的 Dean & Deluca，常常花很多時間耗在裡面。一次，搭飛機從紐約到香港，清晨 6 點多，繼續要轉機回台北，轉機的人三三兩兩地提著手提行李排隊去過 X 光檢查，我頂著一個不甚清醒的腦袋夾在人群裡，忽然有個中年白人對我說：「哈，你也是從紐約來的！」聽起來有點親切，我

睡眼惺忪地反問他怎麼知道我是從紐約來的呢？原來是因為我手上的Dean & Deluca的白色紙袋，那是每一個紐約客都知道的紐約的小小標記。

美國的甜點口味偏甜，size也不小，brownie、muffin、crumble cake、donut，大概是最一般的。brownie大多太甜，連我這嗜吃甜食的人都有點受不了；muffin是我平時比較喜歡的，也很容易做，在家裡常會烤個一兩盤，吃不完放冷凍庫裡凍起來，解凍的時候微波爐就可以辦到，風味不會差太多。在紐約的超市找到一種紙盒裝的小muffin，口味只有最經典的藍莓，吃起來倒是比預期好吃很多。

一進Dean & Deluca就是一個可以站著吃東西的小corner，透明的落地玻璃窗外是熱鬧的百老匯。當然裡面有各種立即可食的沙拉、熟食、糕點等等，除了一般超市該有的東西之外，它還有賣很多烤模的模具區。我很喜歡各類堅果、脫水水果的小區域，有很多在台灣不太常見的種類。大玻璃瓶裡的東西看得很清楚，瓶外寫著品名和每磅的價錢，服務人員會立刻秤好你要的量，包裝好交給你，我覺得連這些乾貨都給人很新鮮的感覺。在這裡買東西倒是有點像倫敦Harrods百貨公司食品館，只是沒那麼氣派懾人而已。

說到瑪芬蛋糕（muffin）其實是一種很簡單、容易上手的甜點，如果想嚐試做點心，又覺得打發蛋白很累，

用酵母粉發麵很麻煩的話，那 muffin 是個很不錯的選擇！台北有一家標榜是來自舊金山的連鎖咖啡店裡有多達 5 種口味的 muffin，算是選擇性很多的；香港半島酒店地下樓賣巧克力和紀念品的店裡，也有 4 種不同口味的 muffin 出售，因為尺寸超大，9 塊港幣一個的價錢實在太便宜了，尤其換算成日幣再對照日本的物價的話，常常中午以前就會被日本遊客給搶購一空。我特別喜歡它 bran 口味的 muffin，質地非常有彈性，口感特別，材料又健康，不過，這兩個月再去，發現它突然縮小，已經不是原來我戲稱的「花盆」size，外觀變得很平凡了，只是仍頂著半島酒店的光環。另外在尖沙咀海港城一樓賣各國食材的小店 Oliver's 也有超多種類的 muffin，它的 muffin 都各別裝在透明的塑膠盒中，比較特別的口味是檸檬罌粟籽（lemon poppy seed）。

瑪芬蛋糕9種

大紅豆瑪芬蛋糕

材料：
奶油 100g
細砂糖 100g
低筋麵粉 250g
發粉 2茶匙
蛋 2個
牛奶 120cc
已煮熟的大紅豆 200g

藍莓瑪芬蛋糕材料：

奶油 50g
細糖 70g
蛋 1個
牛奶 70cc
低筋麵粉 130g
發粉 1茶匙
藍莓 1/2杯奶油 100g

巧克力松子瑪芬蛋糕材料：

奶油 50g
細糖 70g
蛋 1個
牛奶 70cc
低筋麵粉 110g
可可粉 3大匙
發粉 1茶匙
碎巧克力 35g
松子 35g

作法：

1. 容器中放入置於室溫中已軟化的奶油和砂糖拌勻後，加入蛋和
   牛奶繼續拌勻。
2. 然後加入麵粉、發粉，完全攪拌均勻後加入大紅豆。
3. 把調好的麵糊倒入瑪芬蛋糕的杯型烤盤中，放入180℃的烤箱
   中，烤30分鐘。

※以下其餘8種口味的瑪芬蛋糕作法，皆同大紅豆瑪芬蛋糕。

杏桃迷迭香瑪芬蛋糕材料：
奶油 50g
細糖 70g
蛋 1個
牛奶 70cc
低筋麵粉 130g
發粉 1茶匙
迷迭香（切碎） 1/2大匙
杏桃乾 50g

巧克力松子瑪芬蛋糕材料：
奶油 50g
細糖 70g
蛋 1個
牛奶 70cc
低筋麵粉 110g
可可粉 3大匙
發粉 1茶匙
碎巧克力 35g
松子 35g

椰絲鳳梨蛋糕材料：
奶油 50g
細糖 70g
蛋 1個
牛奶 70cc
低筋麵粉 130g
發粉 1茶匙
鳳梨（切碎） 1/2杯
椰絲 50g

香蕉核桃瑪芬蛋糕材料：
奶油 50g
細糖 70g
蛋 1個
牛奶 70cc
低筋麵粉 130g
發粉 1茶匙
肉豆蔻粉（nutmeg） 1茶匙
核桃 60g
香蕉 1 1/2根
★香蕉要用比較熟軟的香蕉。

肉桂蘋果瑪芬蛋糕材料：
奶油 50g
細糖 70g
蛋 1個
牛奶 70cc
低筋麵粉 130g
發粉 1茶匙
肉桂粉 2茶匙
葡萄乾 30g
蘋果 100g
★蘋果先切成0.5立方公分角型，加1大匙糖和少許檸檬汁煮軟。

菠菜乳酪瑪芬蛋糕材料：
沙拉油 80g
細糖 20g
蛋 1個
優格 1/4杯
低筋麵粉 130g
發粉 2茶匙
硬質乳酪 50g
核桃 50g
菠菜 100g
★乳酪先切成0.5立方公分角型。核桃切碎，菠菜燙熟切細。

Central Park

中央公園

Manhattan 紐約曼哈頓

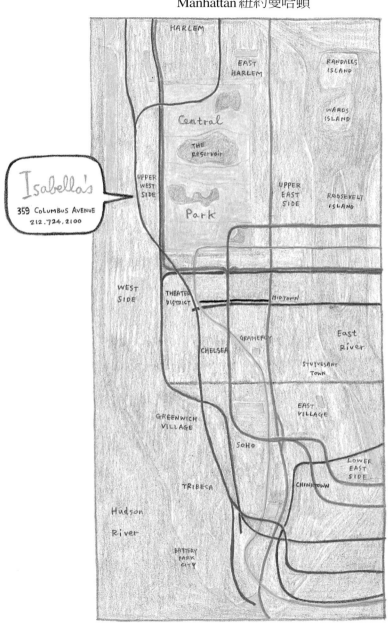

9月的紐約天氣仍然悶熱，沒比6月好多少，我們從上東城（Upper East Side）穿越中央公園到上西城，勉強算是重遊了中央公園。那是中午1點左右，公園裡有三三兩兩吃著三明治的中學生、推著嬰兒車散步的年輕婦人、溜狗的人，和草地上撿拾東西吃，輕巧快速移動的松鼠，我們是沿著風景比較單調的貯水池（The Reservoir）北岸走的，縱使如此，我還是滿羨慕紐約人的。

再上一次進中央公園是94年6月，3個來見識的女人手牽手混在人群裡參加同性戀大遊行，大家都費心打扮

過，我還記得一個赤裸上身穿著低腰吊帶褲，外表看起來是男人的人，他那腰身特低的褲腰上，讓大家清楚看見他內褲上一圈Calvin Klein的Logo；另外有一個女人在內褲外穿了沒吊著任何東西的吊襪帶，也就是說她下半身除了她的那條內褲和垂下來的那四條隨著她走動而晃來晃去的吊襪帶之外，什麼也沒有，然後就是一雙時髦的高跟鞋了，真是前衛到讓我過了這麼多年都沒有忘記。

一起同行的Corrina則是不停地感嘆：「世界上的帥哥已經不多了，居然還有那

苦苣（endive）是菊科的葉菜類蔬菜，葉片捲曲，外層深色都分有苦味，主要用來做沙拉，也可以燉煮或醃漬成泡菜，富含鐵質及鈣質。

麼多人是同性戀，叫我怎麼找得到人嫁呢？」

出了公園只覺得累而且渴，不是穿新鞋的腳都開始起水泡了。所以，好不容易在哥倫布大道上找到以前來過的餐廳 Isabella's 後，一坐定急忙喝了一大口水，然後就用心讀起菜單了，點了一個番茄醬汁的蔬菜 capellini（義大利細麵，也叫 angel hair 天使的髮絲，煮過頭讓麵太軟的話會很像麵線）。

我們邊吃邊聊，還不忘瞄瞄周圍這些可看性很高的用餐者。不過這一餐吃下來讓我印象深刻，後來開始著迷的，卻是這天使髮麵裡加的一種蔬菜——artichoke（朝鮮薊）。

渥道夫沙拉

材料：
蘋果 1個
芹菜 2枝
苦苣 1/3棵
酸奶 sour cream 1/4 杯
檸檬汁 適量
粗粒黑胡椒粉 適量
北美大胡桃（pecanut） 適量

作法：
將蘋果和芹菜切成1cm立方塊，苦苣切1吋長，放入容器中，加入酸奶、檸檬汁、胡椒粉，然後撒上北美大胡桃。

渥道夫沙拉是北美洲非常著名的一道沙拉料理。

朝鮮薊（artichoke）是原產於北非地中海沿岸的多年生薊類植物的花蕾，綠色的萼和中間柔軟的花蕊都可以食用，超市也可以買到蕾座（artichoke bottom）或花心（artichoke heart）的冷凍品，也有罐裝的醃漬物出售。因為有強烈的澀味，所以煮的時候可以在熱水裡加入檸檬汁，然後趁熱把萼一枚一枚的拔下來，加美乃滋或其他的油醋等沾醬吃，花蕊可以做成沙拉或煨菜吃，可促進消化、改善便祕症狀，也是一種溫和的肝臟滋補劑。

作家伊丹十三的書裡面就把朝鮮薊描寫成絕世美味，被翻譯為法國百合。

Cooking
for Friends

做菜給朋友吃

常常旅行，但目前為止在旅行中的做菜經驗只有一次，那是在舊金山近郊的Davis，我的高中同學爾泯的家。那時候她還是在U.C. Davis修植物學Ph.D.的學生，Davis是一個單純得很容易讓人覺得無聊的大學城，有一天我心血來潮想給我們兩個人做一頓飯，只兩個人不需要太工程浩大，於是做了一鍋子的白菜捲。

後來爾泯得回實驗室去了，我為了便於遊玩就搬到舊金山市區聯合廣場附近的希爾頓飯店。晚上我們通電話，她說，她微波了剩下的白菜捲吃，還是很好吃！這讓我覺得有一絲絲寂寞的味道。

在舊金山幾乎每天喝clam chowder湯，雖然這是從英格蘭傳過來的東西，但對我來說，它代表舊金山，代表漁人碼頭，我很容易會想起Pier 39的那一大群海獅和鐘曉陽小說《哀歌》背景的梭沙利多（Sausalito）。

Tea or Coffee？以前我通常點茶，在舊金山時，我每天早上步行去Borders書店，一邊翻O'Keeffe畫冊，然後點一個Cinnamon Roll（肉桂捲麵包）和一杯雙份的拉堤咖啡，後來拉堤咖啡居然成了我每天不可或缺的飲料，茶反而不太喝了。原

來就這樣在一次一次的旅行中，不和不覺地改變了自己吃東西的習慣。

另外，還得提一下 See's Candy。在舊金山的街上常會看到 See's Candy 巧克力專賣店，奇怪的是我平時不太吃巧克力的，在舊金山期間倒吃了不少，好像那裡的空氣有催眠你去吃巧克力的魔力！一直到回台北的飛機上，我還一邊看著機上放映的電影，一邊吃著我之前買了一大把的 See's Candy Pecans（北美大胡桃）巧克力！還好回台北後回復正常。我的正常生活裡是不常有巧克力的，怪不得加州人大多長得很壯碩，比東岸紐約人更魁梧。

甘藍菜捲

材料：

甘藍菜葉 5 片
橄欖油 1 大匙
雞湯塊 1 個
月桂葉 2 片
白飯 半碗
絞肉 100g
洋蔥 30g

parsley 1 茶匙
葡萄乾 1 大匙
蛋 1/2 個
起士粉 2 大匙
胡椒粉 適量
番茄醬 1 大匙

作法：

1. 甘藍菜葉用熱水煮軟，葉梗比較厚的部份用刀片薄。
2. 將白飯、絞肉、洋蔥丁、parsley、葡萄乾、蛋、起士粉、胡椒粉、番茄醬加在一起拌勻後，裹在處理好的甘藍菜葉中。
3. 平底鍋裡放入 1 大匙橄欖油，然後把捲好的甘藍菜捲排放在鍋子裡，加入水 2 杯、雞湯塊 1 個、月桂葉 2 片，蓋上鍋蓋用大火煮至沸騰後用中火煮 25 分鐘。

【註】：parsley，洋芫荽又名西洋香菜。

巧達湯

材料：

馬鈴薯 1/2 個
洋蔥 1/2 個
芹菜 1 枝
培根 1 枚
奶油 10g
麵粉 2 大匙
水 1 又 1/2 杯

湯精粒 1 顆
牛奶 1 杯
蛤蜊（煮熟去殼）
120g
胡椒粉 適量
蘇打餅乾 1 片
parsley 適量

作法：

1. 馬鈴薯、洋蔥、芹菜切 0.5 至 1cm 立方塊，培根切細。
2. 鍋子裡放入奶油熔化後放進洋蔥、芹菜略炒之後，再加進培根，稍微炒過後熄火，灑上 2 大匙麵粉，拌勻後再重新把火點著，翻炒至黏度稍微變小。
3. 加進水 1 又 1/2 杯、湯精、馬鈴薯煮沸後，改中火再煮 20 分鐘。
4. 加進蛤蜊和牛奶，沸騰後加胡椒粉調味。
5. 湯盛碗中，上面灑掰碎的蘇打餅乾和 parsley。

【註】：巧達湯（clam chowder）有兩種，紐約式的湯比較濃稠，而且不加蘇打餅乾；新英格蘭式又稱波士頓式，就是上述介紹有加蘇打餅乾的這種。

The Inimitable

廚藝超凡的加拿大友人 Kelly 一家

Cooking Craft of the Kelly Family

因為加拿大朋友 Chris Kelly 的邀請，我在秋天的時候去了一趟加拿大。也許是我的男性朋友不多吧，但裡面真的沒有人稱得上會做菜的，就算他們有個廚藝出眾的媽媽，也沒能使他們受到什麼耳濡目染！但 Chris 非常厲害，剛認識他不久，他就秀了一手，做了 brunch，澆了楓糖的肉桂香蕉法國土司，而且還滿講究盤飾的，那時候我們挑了加拿大比較少見的芒果，去籽連皮翻切成穿山甲狀，令我非常欽佩，因為這年頭的年輕人光會吃，願意動手的人實在太少了，更何況連手續繁複的美式乳酪蛋糕、泰式酸辣湯 Tom Yam Kung 都會做，就不得不令人對他刮目相看了。

Chris 果然有個很會做菜的媽媽，Kelly 太太在溫尼伯（Winnipeg）街上開了一家包羅萬象的家飾品店，店裡居然有賣中國的龍袍，不知道是不是因為我來自說中文的地方，她居然特別親自穿上龍袍，展示給大家看，腳上搭配的是她並不太上手的舊式溜冰鞋，行動時非要人扶著，否則會碰倒一地的東西。如此這般，倒真有那麼一點樣子，真是個非常有意思的人。

因為平常忙於工作，Kelly 太太一向是星期天做好一大堆菜凍起來。有一次剛好遇見她在做菜，一旁擺著很多已經做好的桃子派，一邊烤箱正在烤著一種切片的大型菇類，她們也把它直接夾在漢堡裡面，做成肥美多汁的菇漢堡；另外她還做好一大鍋湯，並問我們要不要

試試味道，綠色的湯，非常濃郁的香味，我嚐了一下猜是洋菇，Kelly 太太拿來一瓶小茴香（cumin）香料，告訴我加的是這個。

我們一邊喝白酒，一邊吃 calzone（把 pizza 對折收邊，做成大餃子狀的麵食）。加了藍紋乳酪的 calzone，很好吃也很特別，因為一向吃的 calzone 都是番茄醬汁口味的。

Chris 的姊姊 Katie 住在溫哥華，有一個兩歲的兒子 Haakon。金髮的 Haakon 非常可愛，比同齡小孩長得大很多，特別喜歡玩水，每次我們在廚房的時候，他一定要湊過來幫忙，弄得大水氾濫。Katie 跟他介紹我的時候，仔細地跟他講解過我的職業，後來他搭飛機，指著一個空服員一直叫她 Yvonne（我的英文名字），原來不只因為她是空服員，還因為她跟我一樣是東方人。

小咖啡車也有名片的，背面是集點券，每喝6杯將可免費獲贈1杯。

從溫哥華到也同屬卑詩省（British Columbia）的維多利亞（Victoria）需要花1個半鐘頭的時間搭船前往，這感覺又挺像從舊金山搭船到梭沙利多（Sausalito），不過路程長一點，船大一點。梭沙利多感覺有點蕭索，不像維多利亞那麼花團錦簇，五彩繽紛，到處有乘著馬車遊街的遊人，甚至還有穿著蘇格蘭裙吹奏風笛的帥男風笛手。

這小小的賣飲料、點心的車子，一下子就把不習慣吹海風的我們吸引過去。照顧這攤子的是一個高大、短頭髮、戴黑框眼鏡，很有書卷氣又有點害羞的女生，賣的hot apple cider兩塊加幣一杯，真的非常的熱，加了肉桂棒的誘人香氣使同行的Lica立刻燙傷了舌頭，一直微笑的戴眼鏡女生把我們幫她拍的拍立得相片夾在攤子上展示。

Canadian Airlines（加航）機內用的咖啡是 Starbucks 咖啡。

加航經濟艙供應的早餐主菜是加了香腸、馬鈴薯和番茄的炒蛋，另一個選擇是粥。加航經濟艙並不分發菜單，而由空服員廣播告訴你可以選擇的菜色，餐盤是小的1/3 size。

加航（CP）99年底已被楓航（AC）Air Canada 購併，這糖包上的加航標幟，已經成為歷史陳跡。

航空公司不論機型，餐車的長度是差不多的，如果每層兩份餐的話，每個餐盤是長方型的1/2 size，如果每層三份餐的話，餐盤就是比較接近正方形的1/3 size，當然也有每層四份餐的，依航空公司以及路線長短、艙等而有不同。

藍紋乳酪披薩餃

皮：
沸水　1 杯
黃玉米粉　1/3 杯
乾酵母　1 包
溫水　1/4 杯
中筋麵粉　2 杯
鹽　1/2 茶匙
橄欖油　2 茶匙

內餡：
切碎大黃瓜　5 杯
鹽　1/2 茶匙
胡椒粉　1/4 茶匙
切碎韭菜　1/2 杯
切碎胡桃　1/4 杯
奶油起司（cream cheese）　2/3 杯
藍紋起司（blue cheese ）　2 盎斯
乾牛至（oregano）　1 茶匙

作法：
皮：1.沸水和黃玉米粉混合，靜置 20 分鐘。
　　2.酵母粉放入 1/4 杯溫水中溶解，靜置 5 分鐘。
　　3.麵粉、鹽、黃玉米粉都放進食物攪拌機裡，攪拌 4 次然後加入酵母和橄欖油，改低速攪拌，直到
　　　做成一個麵糰。
　　4.揉麵 4～5 次，再把麵糰放在有油的碗中，讓麵糰稍微裹上一點油，然後放在溫暖通風的地方，
　　　直到麵糰變成 2 倍大。
　　5.把麵糰分等 8 等分，捍成 10"×6"的橢圓形。

餡：1.用少許油，混合鹽和胡椒炒大黃瓜，炒約 8 分鐘之後，加入韭菜、核桃再炒 1 分鐘。
　　2.混合奶油起司和藍紋起司，然後把乾牛至撒在上面。
　　　做好皮和餡之後，把餡均分，包在桿好的皮裡，放進 475˚F 烤箱烤 12 分鐘。
【註】：牛至（oregano），或譯為奧勒岡，一種用於烹飪的薄荷屬植物，其乾燥的葉可當辛香料。

香蕉法國土司

材料：

蛋 4個
牛奶 1/3杯
肉桂粉 2茶匙
土司 1片
香蕉 1根
奶油 1茶匙
楓糖漿 適量

作法：

1. 把蛋、牛奶、肉桂粉放在容器中打勻，然後把土司放進去浸透。
2. 在浸透後撈起的土司上面舖上切成薄片的香蕉，再疊上另一片土司，作成三明治狀。
3. 平底鍋用中火煎熔奶油，放入做好的香蕉三明治，蓋上鍋蓋直到兩面都煎成金黃色。
4. 把煎好的土司放在盤子上，淋上稍微熱過的楓糖漿。

除了大家比較熟悉的楓糖漿（maple syrup）之外，還有形狀做得很漂亮，外表質感似方糖，但糖心卻是軟的楓糖（maple sugar）。

Kelly 太太的廚房一角

Eating in the Dining Car

在餐車裡用餐

加拿大安略省 Sudbury 火車站和月臺上等著火車的我的行李。

只有一次在餐車裡用餐的經驗。

我很少搭火車，因為休假一向不太長，沒太多時間，也不夠有耐心，所以能搭飛機就一定搭飛機，反正在航空公司上班，能申請比較便宜的折扣機票。

在歐陸搭過幾次火車，但是距離都不是很長，所以頂多去餐車晃蕩一下，喝杯東西，沒真正用餐過。

唯一一次在餐車裡吃飯是在加拿大安大略省，從Sudbury搭到Toronto，那是從溫哥華出發，經過Edmonton、Winnipeg、Sudbury和其他很多大小中途站，3天之後才會抵達終點多倫多的火車，全程有4459 km，即使搭飛機直飛也要4個小時以上。

依時刻表，火車應該在13

加拿大鐵路公司的糖包，
楓葉logo簡單而別緻。

我很喜歡加拿大的楓葉標幟，也許因為那是一種美麗的植物的關係，看起來份外有一種和平的感覺。在當地我也買了一堆各式各樣的楓葉徽章，別在牛仔外套的袖子上。有一次在溫哥華出門沒帶傘卻遇到下大雨，臨時在街上找賣傘的地方，小店裡只有兩種傘，結果Lica和我都挑了印了大楓葉圖案，看起來有點傻氣的傘，而捨那種到處可見，安全但無趣的黑傘，就當是紀念品吧！住在上海中文說得極好的加拿大朋友Patrick，他的中文名字叫李子楓，不像大部份外國人音譯他們的名字成中文，倒像這裡很多人用出生地來命名，我覺得這名字取得不錯，道地很多。

點 10 分從 Sudbury 出發,當天晚上 8 點鐘抵達 Toronto,抵達的時間正好可以在多倫多吃晚飯,不過由於之前朋友 Don Hill 告訴我們那火車上的食物簡直棒透了,有多種選擇,並且具備飛機頭等艙的水準,時間上雖然比搭巴士要多花上一個鐘頭,票價也貴上 10 幾塊加幣,但座位寬敞舒適,又不受其他交通狀況的影響,沿途風景之美,更不在話下⋯⋯簡直像是加拿大國鐵公司派來的說客。

但當天一早打電話給 VIA-

餐車裡供應的牛肉餐與鮭魚餐,不喜歡吃米飯的,可以挑馬鈴薯泥。

Pot Roast Dinner   11.00
tender pieces of slow simmered beef in a rich gravy. with vegetables of the day. rice or whipped potatoes.

Salmon Fillet
Delicately seasoned. lightly grilled and topped, with lemon butter, vegetables of the day. rice or whipped potatoes.

Rail 加拿大國鐵公司確認火車出發時間時，他們說火車從溫哥華出發時就晚了兩個鐘頭，所以火車從 Sudbury 出發的時間也改爲 15 點 25 分，後來再打去問又改說要 16 點 30 分才會到，結果還是在車站空等了半天，搭上車時已經是傍晚 18 點 15 分，整整晚了 5 個鐘頭（謠傳是途中有乘客死了）。因爲中餐沒好好吃，只喝了一杯咖啡，再加上天氣忽然變冷，氣溫下降很多，枯等多時的我已經發起抖來了，所以當車上服務人員告訴大家餐車已備好食物，需要用餐的人可以去餐車用餐時，我毫不猶豫地就往餐車走去。我和 Vitas 分別點了牛肉和鮭魚當主菜，還有 375 ml 的紅、白酒各一瓶，4 人坐的方桌先是有個建築師和我們

在餐車吃飯時點的葡萄酒。
如果搭飛機時也像搭火車一樣，需要用餐的人才去餐車付費吃飯，付錢喝酒，那麼，在 3 個小時裡喝掉 7 瓶葡萄酒的人也許還是有，但是會少很多。

同桌，他離開後又來個黑人法文老師，他們都很健談，很大方地介紹自己再問同桌的我們的旅程、背景。這頓朋友Don Hill大力推薦的火車餐果然令人非常滿意，用餐過程也很愉快。

其實除去5個鐘頭的delay，搭火車真的是很好的經驗，每到一站，車上服務人員會到該下車的旅客的座位去確認他們是不是下車了，完全不用擔心睡過頭。如果不在原來的座位上，他們還會四處找你，直到確定你已下車為止，服務真是週到，但也難怪火車會誤點了。

沿途景緻雖不似歐陸美妙，倒也還不錯，看到不少海獺（beaver）用樹枝築的窩，海獺不如狐狸、熊、花栗鼠、麋鹿等可愛，但是卻

被視為代表加拿大的一種動物，加幣5分錢銅板上的圖案即是海獺。

Vitas告訴我，那是因為海獺是一種勤奮象徵的動物，牠們必須要一直很努力的啃東西，否則牙齒會越長越長，長到都捲曲起來，捲成圓形，最後會刺穿自己的腦袋。不知道有沒有真的那麼懶的海獺，聽起來真有點不可思議。

另外在加拿大如果你搭的火車誤點超過4個鐘頭，只要保留車票，在半年內你可以以半價搭一次火車。

Running into a Fox

遇見狐狸

HI

I'm a moose, and I'm loose as a goose

I come from Canada. hahaha......

antler

APR. 12 2001
Dan Ryan's
Taipei

台北 Dan Ryan's 餐廳牆上倒是掛有一個讓北美人看了會產生思鄉情緒的 moose 的大頭。

在加拿大，不止在荒無人煙的地方，即使是一般的城鎮裡都可以看到活蹦亂跳，不是被圈在欄杆裡的動物。

花栗鼠（chipmunk）每天早上都會來偷吃掛在屋簷或樹幹上的鳥食。剛開始時我常把花栗鼠和松鼠（squirrel）搞錯，後來才知道其實很容易分辨，因為這裡的松鼠是黑色的。湖裡有大群類似鴨子的水鳥，Canada goose 和 Seagull 等等。

最叫我興奮的是看到了狐狸，就在傍晚 Sudbury 的馬路邊，那狐狸一點都不怕人，也不驚慌失措地躲藏，一副視若無人地左顧右盼，甚至有點搔首弄姿的原地活動起來了！（也許那是一種表演？）灰白色、毛茸茸的狐狸少了狼的盲勇和江湖味，像隻貓或狗一樣，非常討人喜歡。我到處告訴別人我看見了狐狸，而且牠居然不怕人呢！朋友們說，這裡的狐狸都是 city fox，跟人很靠近的，除了狐狸之外，有時還有熊出沒呢！我聽了非常高興，很期待哪天也可以遇到熊，但大家笑著警告我說，當熊開始舔你的時候，可就不再那麼好玩了。

後來終究是沒見著，有點遺憾！但卻得到了 city fox 的綽號。衝著這個新名字，我

特別買了加拿大灰狐紅酒和每張0.6加幣的紅狐狸貼紙郵票。

另外，還有一種產於北美和北歐很特別的動物，那就是溫馴又威猛的麋鹿（moose），聽說春天比較容易見到牠們的蹤跡。

灰狐紅酒在Raskevicius太太76歲生日那天，大夥陪她上完教堂後，搭配Margie的肉醬千層麵和大黃瓜沙拉馬上被解決掉了。

對加拿大的認識,起步相當晚,但卻特別有緣似地一發不可收拾。David Hayes是個很nice的加拿大人,是作家,也在大學教書。以前還留長髮、玩樂器、出過唱片,現在則是一根頭髮都沒有看起來很酷的光頭。他有一屋子的CD和書,每次到他家投宿就睡在那被書包圍的房間裡。

第一次到多倫多已經過午夜了,我打電話給David,直接搭計程車去他家,之前我其實沒有見過他,緊張加上時差使我非常錯亂,睡睡醒醒不太安穩,正式醒來之後,我發現飯桌上David留給我的兩大張手繪一日遊行程地圖,還詳細標出有特色、值得花時間逛的地區,連token(搭地鐵或streetcar用的代幣;streetcar像公車,但有軌道)都幫我準備好了,非常細心。和David住在一起的女朋友Jen嬌嬌滴滴的,個子很嬌小,髮型千變萬化,跟我一樣是個有買鞋癖的人。

David對幾個有名的日本作家也非常熟悉,特別喜歡川端康成和村上春樹。多才多藝的他也喜歡做菜,凱撒沙拉在朋友圈裡有口皆碑,離開多倫多前他特別找時間露了一手,還當場把食譜寫下來給我,是一個難得對生活非常用心的朋友。

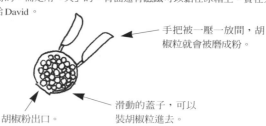

David準備的飯後甜點——澆了果糖的無花果和新鮮乳酪。

★我特愛吃胡椒粉,雖然加太多看起來有點孩子氣,也有點任性,但我總是毫不避諱的拿著胡椒瓶撒撒撒……(所以我不太喜歡那種服務人員優雅地轉動手磨胡椒罐,幫客人加胡椒粉的高級餐廳,因為我總是不好意思請他們磨個不停)

David說,我喜歡胡椒粉的程度就像Jen喜歡起士粉一樣,於是Jen也不需要太顧形象,就大方地轉動手搖磨起士器,磨出一小堆起士粉山。我告訴他們我一直想找個好的胡椒罐,找了好久,一直沒找到喜歡的。從多倫多回來3個月後,無意中在日本找到了一個非常棒的磨胡椒器,不是一般用轉的,而是用「夾」的,背面還有磁鐵可以黏在冰箱上,實在太正點了,我準備也寄一個給David。

手把被一壓一放間,胡椒粒就會被磨成粉。

滑動的蓋子,可以裝胡椒粒進去。

胡椒粉出口。

大衛的凱撒沙拉

材料：

大蒜　2～3瓣剁碎
直餾橄欖油（extra-virgin）　50ml
優格　2大匙
狄戎芥末醬　1茶匙
鯷魚罐（50mg）　1罐
蛋　1個
羅曼萵苣（romaine lettuce）　1/2～2/3顆
硬麵包丁　適量
義大利巴馬乾酪（Parmesan）約2×2×1/2吋一塊
胡椒粉　適量

David 家的手搖磨乳酪機

作法：

1.把50ml的直餾橄欖油倒進容器中，加入蒜末、胡椒粉、優格和芥末醬。
2.沸水煮蛋約1分鐘，去殼、鯷魚切碎，一起加入容器中攪拌均勻。
3.萵苣1/2～2/3顆洗淨，切成1吋長，放入大碗裡，撒上磨碎的起士和麵包丁。
4.把上面容器中做好的醬倒進大碗中。
★原產於法國勃根第的狄戎芥末醬（Dijon mustard）色澤較淡，但辣味較強，是非常著名的芥末醬。
★硬麵包丁：把放了一天比較老的土司麵包切成1/2吋立方塊，噴點橄欖油，用65℃烤箱烤5～10分鐘（烤到表面有點脆，但裡面還是軟的程度）。

大衛的大蒜菠菜水管義大利麵

材料：
菠菜　1束
直餾橄欖油　5大匙
白葡萄酒　3/4杯
大蒜　6瓣剁碎
碎紅辣椒粉　1/2茶匙
水管義大利麵　4～5杯

作法：
1. 在鍋裡放入4杯水，煮沸後放入洗好切成1吋長的菠菜，蓋上鍋蓋，煮1～2分鐘後，撈起備用。
2. 將熱橄欖油倒入平底鍋中加熱，加入白酒、剁碎的蒜瓣、紅辣椒粉，煮2分鐘，然後把煮好的菠菜加進來，再煮3～4分鐘後熄火。
3. 大鍋裡把水煮沸，加入鹽巴和水管麵，煮8～10分鐘後（麵的軟硬度可依個人喜歡，調整煮麵的時間），即可撈起。
4. 將（2）和（3）混合就可以吃了。

Canadian Souvenirs

採購自加拿大的紀念品

屬於加拿大的紀念品、土產很有限，不外乎一些楓糖產品、冰酒等，有名的MAC化妝品也有純正的加拿大血統。這些是我選購給自己和朋友的紀念品。

在加拿大期間幾乎天天要吃楓糖奶油夾心餅，有很多品牌可以選擇，我是每回去超市一定要補貨，誰叫我嗜吃甜食的程度幾乎可以媲美螞蟻。因廠牌不同，單價也不一，但大概2～4塊加幣就可以買到一大盒。機場賣得比較貴，但是有很漂亮的木盒包裝，日本也可以買到楓糖餅的進口貨，但價格要貴上兩三倍，這也難怪我要把握機會了。雖然吃太多甜食，其實會有罪惡感，不過還是無法克制自己吃孩子氣食物的欲望。

有奇異楓香的錫蘭茶。

這是美國製的「皇后護唇膏」，在多倫多 Danforth Ave.一家叫「Butterfield 8」的小精品店買的，這是好心的朋友 David 怕我無聊，又知道我喜歡塗鴉，對設計也有興趣，所以介紹我去逛逛這間在他家附近挺有意思的小店。有點胖胖的可愛女店員告訴我：「This really tastes like pink champagne！」她還有很多其他不同種類的護唇膏，但只有這種我沒在別家店看過，用了之後發現草莓的味道還比香檳重些，但唇膏本身倒是比較接近香檳色。我是不折不扣的護唇膏狂，不上班的時候幾乎是不化妝的，連口紅都沒有擦，但護唇膏卻是時時使用，隨身必備。

有一次我和好友 Lica 端坐在咖啡店中享用美味的下午茶，聊著聊著，我忽然開始在皮包裡找東西，翻攪了半天一無所獲，有點懊惱。不愧是好友的 Lica 氣定神閒地問我：「找護唇膏嗎？找不到可以用我的！」我吃驚地問她難道懂讀心術？她笑說我這個人日常生活中最重要的就是護唇膏和男朋友，不可能在皮包裡找男朋友，那當然是護唇膏了！這樣說當然是誇張了些，不過，看來我對護唇膏依賴之深，連身邊的朋友都可以感覺到。

這圓型金屬盒的蜂蠟護唇膏是在溫哥華到維多利亞的那艘大船上買的。
說真的，我根本懷疑它是面速力達母。

到加拿大當然不可錯過著名的冰酒。這是用冰凍的葡萄壓榨製成的，我特別選了白酒和很少見的玫瑰酒（rose wine，非常昂貴，在當地 200ml 一瓶約值 1500 台幣），白酒酒標非常別緻，讓我捨不得把酒已被喝光的空酒瓶丟掉。酒後面特別註釋「酒標上古老的印第安插畫是在俯視葡萄園的懸崖上被發現的」。rose wine 的顏色是美麗的淡紅色，有時也被稱為 blush wine。

每次去加拿大一定會買的楓糖漿。最廣為人知的食用方法是淋在鬆餅上吃，為了消耗這些楓糖漿，我還在當地買了楓糖漿食譜。

7、8年前我住在吳興街的時候，有一個來自瑞典的室友Christine，她來到這陌生的台北後不久，收到遠在祖國的死黨寄來的一盒名為「survival kit」的包裹，裡面是瑞典國旗、藥品、蠟燭和一些瑞典傳統小玩意（可能像是我們的陀螺、扯鈴、波浪鼓之類的東西）等等，無非是勉勵她，希望她在台灣也能好好地生存下去。

那些對我來說陌生的小東西早已不復記憶，但是裡面幾盒加味保險套被我們幾個起鬨說：「有機會要借來用用！」倒是至今印象深刻。在加拿大居然普通的小藥局就可以買到很多不同口味的加味保險套，我當然不會放棄這種送禮自用兩相宜的東西，結果受歡迎的程度果然在意料之中，準備「增產報國」的Corrina除外。

Alpenbitter liqueur
其實這只是加拿大製造的一種原產於德國、奧地利的餐後利口酒，但對於住在亞洲的我們來說，還算稀奇不太多見。

另外補充介紹一種讓我忍不住想吃，然後心裡充滿罪惡感的甜食， Häagen-Dazs Irish Cream 口味，在亞洲沒看過這種愛爾蘭奶酒口味的 Häagen-Dazs 冰淇淋，而且只要花台灣一半的價格，我離譜到連早餐都吃冰淇淋，神勇吧！

每次旅行都不忘購買的地名貼紙。

Starbucks 口香糖和肉桂錠。
Starbucks 咖啡當然是美國的產物，但奇怪的是加拿大比美國便宜。

Special Feelings for Germany

不解的德國情懷

雖然我很喜歡巴黎，但以國家來說的話，我似乎偏愛德國多一些。

不知道為什麼，我不會說德文，甚至也沒有德國籍的朋友，也許是我去德國的時候是12月底，快要過Christmas，大家都特別nice的緣故；也許是我喜歡他們一板一眼很確實的態度。更令我不解的是聽不懂德文的我，居然常常可以瞭解對方的意思，做出正確的動作。

因為我暫住的科隆市（Köln）沒什麼有色人種，每天我看到的只有白人，而我在那裡過日子過得很愜意，每天我回飯店照到鏡子後，都會被自己嚇一大跳，原來我如魚得水到忘了自己是一個圓臉黑髮的東方人。

另外有一件事我一定要提一下，服裝設計師Jil Sander的chic風格就是很德國的。

大多數朋友，尤其是西方人聽到「德國」，反應多半是滿激烈的，也許是歷史上他們老是扮演侵略者的角色!?也有不少人喜歡把德國和日本這兩個國家相提並論，是有一點點，頂多只是日耳曼民族的優越感跟日本人自以為是亞洲第一的那種驕傲吧！雖然我有很多日本朋友，但我還是要為德國撇清，也許是我接觸日本越深越久，越覺得自己跟它格格不入吧！

前一陣子看了電影＜U-571＞這是二次大戰一艘德國潛艇的編號，聯軍為了破解德軍的密碼，扮成德軍攻上「U-571」去奪取重要關鍵的密碼機的故事，奇怪我居然有點同情德軍，這實在是對不起千千萬萬的英靈

啊，我只能解釋說，也許我上輩子跟德國有密不可分的關係吧！

最近這一年我開始迷上葡萄酒，雖然以質量來講，無疑的法國絕對是世界第一，以輸出和消費量來說，則是義大利稱王。但，一來是我對德國的偏愛；二來是我喜歡比較容易入口、澀味不重的甜酒。一般來說紅酒澀味比較重，而且有顏色的酒常常會讓我起酒疹，所以生產的酒裡有90％是白酒，而且大多是「甘口」甜酒的德國酒就是最適合我入門的選擇了。

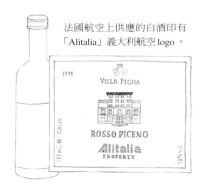

法國航空上供應的白酒印有「Alitalia」義大利航空logo。

2000年8月8日是日亞航25歲生日。

義大利真不愧是世界第一大葡萄酒輸出國。有一次我搭法航（Air France），從布拉格飛巴黎的班機，每個人的機內餐餐盤上都有一瓶葡萄酒，你不用特別跟空服員要，因為葡萄酒被視為「餐」的一部份。歐洲人真是喜歡飲酒，那可是早上的班機，抵達巴黎時差不多才中午呢！更有趣的是法航飛機上供應的酒印的居然不是法航的標幟，而是印著Alitalia（義大利航空），真是令人瞠目結舌吧。

機上用的小瓶酒當然只是品質普通的葡萄酒，不是什麼名酒，酒量不好的人可以加七喜汽水或花果茶當雞尾酒喝。最近日亞航機上出現印有飛行台灣25週年酒標的葡萄酒，滿有紀念價值的。

德國葡萄酒 German wine

德國緯度高，地處葡萄可以生長的最北極限，北緯50度的臨界地帶，因為日照不足，生產的紅葡萄較少，只有少數清淡型紅酒，大約只佔葡萄酒產量的10％，又因葡萄不甜，所以多是酒精濃度不太高的酒。
德國葡萄酒分為4級

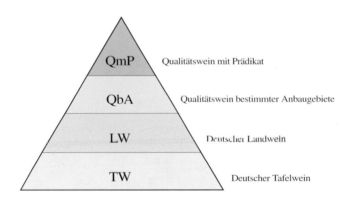

TW酒：即是table wine，是一般飲用的佐餐酒，可補糖以提高發酵的酒精度。
LW酒：與TW大致相同，但所用的葡萄比Tw成熟。
QbA酒：為指定生產地區的高品質酒，味道清淡有果香，應趁酒齡輕時飲用。
QmP酒：為附有頭銜的高級酒，產地、葡萄品種、酒精、濃度和製造方法都比QbA酒規定更為嚴格。

德國葡萄酒酒標

產地：萊茵高區

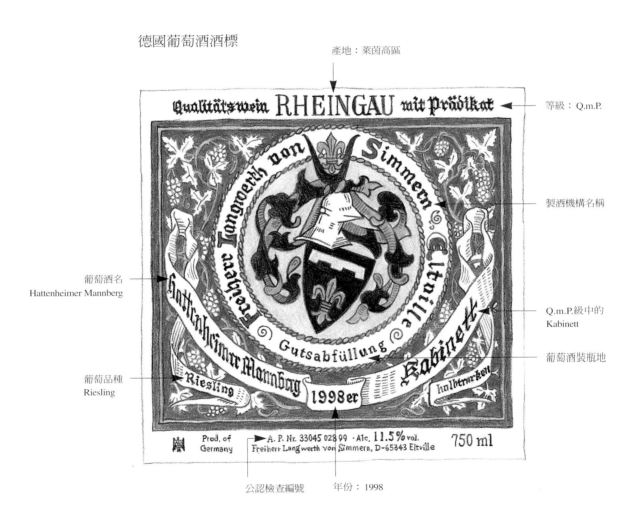

等級：Q.m.P.

製酒機構名稱

葡萄酒名
Hattenheimer Mannberg

Q.m.P.級中的
Kabinett

葡萄酒裝瓶地

葡萄品種
Riesling

公認檢查編號　年份：1998

QmP酒依葡萄果汁中糖分含量高低分為6級──

(1) Kabinett ：是 QmP 級葡萄酒中最澀的一種。

(2) Spätlese ：比正常收穫期晚 7 天採收的晚摘型葡萄酒，含糖量比 Kabinett 高，風味濃，是初次飲酒的人最適　合的等級，不搭配食物單喝也相當不錯。

(3) Auslese ：篩選酒，嚴格挑選完全成熟的葡萄來釀造的酒，也有比較辣的種類，一般都是在特殊節慶場合才喝，平時不太飲用。

(4) Beerenauslese ：粒選酒，從過熟遲摘的葡萄中選出皮上附有貴族黴的葡萄，因水份從覆黴的部份蒸發，果實的糖度就被濃縮，釀出來的酒很甜，有特殊的香味，適合搭配餐後甜點。

(5) Eiswein ：冰酒，成熟葡萄放到 11 ～ 12 月，甚至新年，用零下 8 度以下氣溫裡採收的結冰葡萄釀成的酒，因為是特別而稀少的酒，一般餐廳並不供應，價錢昂貴，通常是比較小的 375ml 裝。

【註】：一般葡萄酒的 size 是 750ml 瓶裝。冰酒除德國外，加拿大和奧地利也有生產。

(6) Trockenbeerenauslese：貴腐酒，用完全熟透並發黴脫水的乾扁葡萄釀造的，像蜂蜜一樣甜，但較沒有葡萄味，是非常高貴而具有代表性的葡萄酒。

德國葡萄酒有 13 個主要的產地，其中 11 個產地在德國西南，科隆（Köln）到慕尼黑之間（Ahr ，Mittelrhein ，Mosel-Saar-Ruwer ，Rheingau ，Nahe ，Pfalz ，Rheinhessen ，Franken ，Hessische Bergstrasse ，Württemberg ，Baden）另外 2 個是在柏林南方的 Saale-Unstrut 河流域和 Sachsen 區。

另外，從酒瓶的顏色大致可以分辨出德國葡萄酒的產區，棕色酒瓶主要是萊茵河 Rheingau ，Mittelrhein ，Rheinhessen 等 3 區所生產的酒，酒味芳醇，綠色酒瓶為 Mosel-Saar-Ruwer 區產的爽口有香味的，藍色瓶子主要是 Nahe 區產的酒所用的酒瓶，但 Nahe 區產的酒並不完全用藍色酒瓶，而且其他地區為了視覺效果而採用藍色酒瓶的例子也很多。

待在德國的時間並不是很長，所以老是覺得很趕、很忙，花了很多時間搭火車，去小山城 Siegen，去大學城海德堡，甚至還搭火車去了阿姆斯特丹，沒什麼時間悠哉的喝咖啡，倒是常常在火車站的小店買東西填肚子，有時候是夾著冰冷肉片的三明治，有時候是德國香腸。有一種隨處可見型狀特別，上面黏有大顆粒白色粗鹽，叫做 Brezel 的硬麵包（英文叫做 prezel，現在有些零嘴

Brezel

德國很多美麗的房子讓我很著迷，這是在科隆拍的。

也做成這個型狀)。不過，這並不是早餐麵包，而是搭配啤酒吃的。

香腸噴泉

可惜我不愛啤酒，所以不曾在德國好好暢飲，但卻很喜歡吃德國豬腳，有一次還因為貪吃，猛嚼豬腳那烤得脆脆硬硬的皮，結果活生生斷了一顆牙。(裡面早已蛀成空心的牙齒，終於受不了煩重的工作……)

另外，德國香腸也頗受我青睞，吃過很棒的香腸，非常的多汁，用叉子戳下去的那一刹那居然出現一個肉汁小噴泉。

德國每班火車上的每張桌子都有一張對折的簡介，詳細介紹所搭的車種、班車編號和沿途各站，內容包括每站出發的時間、到下站的公里數、所需時間，和每站有什麼車子可以轉乘等等，更令人吃驚的是那上面還印有當天的日期，我曾搭過清晨6點多的火車都不例外。

在德國不曾血拼 Jil Sander 的高級時裝，但製作精美的各式玩偶卻讓我愛不釋手，千挑萬選買了一個洋娃娃帶回來，還捨不得放在托運行李裡，怕把它震成了腦震盪，就把它帶上飛機放在隨身的包包一路飛回來。

在科隆還買了許多著名的古龍水「4711」，聞起來很舒服的香味，不過當時我對香水過敏，只好悉數送給朋友。

DB: Deutsche Bundesbahn ＝ German Railway

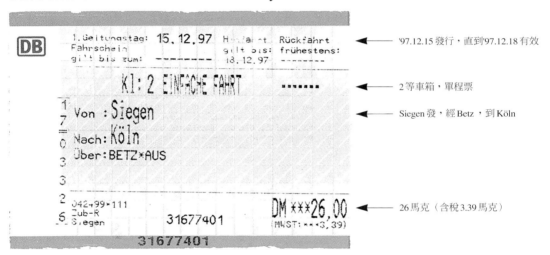

← '97.12.15 發行，直到'97.12.18 有效

← 2等車箱，單程票

← Siegen 發，經 Betz，到 Köln

← 26馬克（含稅3.39馬克）

德國火車票的 size 很大，幾乎類似飛機票的大小。這一張是上車之後才補的票所以小很多，是易於保存的名片大小，反而讓我珍藏到現在。那是個很鮮的經驗，我們在 Siegen 結束了一天的行程奔到車站時，火車正要開走，買了票再上車肯定是來不及，下一班車還得再等上一個鐘頭……於是沒買票就衝上了車，而敬業守法的查票員是必來查票的，我也很老實的趕快招認，準備補票。那老先生滿口德文，我聽了雖然「莫宰羊」，倒也還滿能猜中他的心思的，於是他德文，我英文，一來一往，居然也順順利利沒有差錯。現在回想起來，卻不禁懷疑我到底猜對沒？還是他發現我是鴨子聽雷有聽沒懂，多說無益，只好把票賣給我就算了!?

那時候是聖誕節氣氛已經很濃的 12 月中旬，光是科隆就有 3 個聖誕市集。市集裡販賣雷同性很高的各種裝飾品、工藝品和食物，還有樂器合奏、唱詩班和話劇表演，內容都是一些《聖經》故事。
聖誕節的應景點心是一些以模子印出形狀的壓花小餅乾，和非常甜的各式水果蛋糕。

科隆聖誕市集裡的小攤子。

德國風蘋果蛋糕

材料：
蛋 2個
砂糖 80g
奶油 40g
蘭姆酒 1大匙
低筋麵粉 60g
杏仁粉 80g
發粉 1/2茶匙
肉桂粉 1茶匙
葡萄乾 50g
蘋果 1個

作法：
1. 容器內放入在室溫中已放軟的奶油，加入砂糖拌勻，再加入蛋、蘭姆酒，用打蛋器打勻後，再加入低筋麵粉、杏仁粉、發粉、肉桂粉繼續打勻。
2. 拌入葡萄乾後，把麵糊倒在已塗上奶油的烤盤裡。
3. 蘋果削好皮切片排在上面，用155℃烤箱烤30分鐘。

聖誕壓花小餅乾

材料：
蛋 1個
粉砂糖 100g
低筋麵粉 180g
發粉 1/2 茶匙
大茴香粉（ground anise） 1 茶匙

作法：
1.把全部材料混合在一起做成麵糰，用保鮮膜包好，放在
冰箱冰2小時。
2.麵糰用桿麵棍桿成0.5cm厚，然後用餅乾模子印好形狀
之後，放進於冷凍室冰一個晚上。
3.取出後直接放進165℃的烤箱中烤25分鐘。

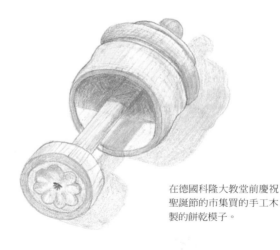

在德國科隆大教堂前慶祝
聖誕節的市集買的手工木
製的餅乾模子。

Memories of Paris

巴黎印象

深秋傍晚拍的「Au Temps Jadis」可麗餅店店招牌。

這是現在定居在東京的昔日好友Edica帶我去的，在涉谷區一家座落於B1、很別緻的可麗餅專賣店。店面一半露天，一半在室內，很多爬藤植物從磚牆上垂下來，週末店裡滿滿都是西方人。

對巴黎的印象是越來越模糊了，得趕快找個機會再去重新輸入一下記憶才是！

巴黎給我的感覺是頹廢的、遲暮的、雋永的，但卻恰如其分，讓人回味再三。巴黎市區有不少應該是兒童樂園裡才會有的旋轉木馬，夢幻的旋轉木馬配上如童話般的音樂，總是非常吸引我，讓我完全忘了自己的年紀，每次總要花個10塊法郎玩它一回，即使只有一個客人，他們還是會做這筆生意。只是偌大的旋轉木馬裡，只有我一個人的感覺，不再是歡樂，而是有些蒼涼了，像是繁華落盡，曲終人散。

巴黎甜點屋裡那些琳瑯滿目、總是讓我無法招架的各式西點，使我在每天開始一日行程之前固定要花上不少

時間物色，挑幾個包起來揹在背上，最先迷上的是叫chausson的蘋果丹麥酥，然後是看起來很素淨，但吃起來口感很特別的卡奴蕾（cannele）。

法國的甜點實在是太多、太多了，但最常吃而且廣泛流行的，我想應該是起源於布列塔尼的可麗餅了。一般法國的可麗餅（crêpe）其實很簡單、很陽春的，路邊很多小攤都有賣，我最常邊走邊吃加了栗子醬的，當然也可以在餐廳、咖啡廳裡點可麗餅，端端正正地用刀叉斯文地吃。台北賣可麗餅的地方很多，但令人疑惑的是大部份都烤太久，變得太脆太硬了，直挺挺的一個扇形看起來叫人非常失望，對折的地方也都裂開了，有點橘踰淮為枳的感覺。至於十幾二

十層可麗餅疊成中間還夾了奶油和水果的可麗餅千層蛋糕mille-crepes，倒是後來才在日本吃到的。同事大多喜歡吃連鎖蛋糕店 HARBS 的，一片大概是10吋蛋糕的十分之一那麼大，要609日幣，接近200元台幣，非常的昂貴。

巴黎有很多栗子樹，秋天的西提島更是滿地都可以撿到，記得有一次去Cimetière de Passy墓園，還看到音樂家德布西的大理石棺上被人用栗子排了一個高音譜記號，非常可愛。所以我就很單純的認為，在巴黎其實不難謀生，可以出門撿栗子，做糖炒栗子生意，但是浪漫的巴黎街頭居然有很多穿戴整齊乾淨，坐在路邊擺個罐子跟人要零錢的年輕人，奇怪他們連無本生意都不願意做！

50塊法郎鈔票左下方，有一隻要斜斜拿著鈔票才看得到的透明的小王子的小羊。

可麗餅

材料：
蛋　1個
糖、鹽　少許
牛奶　300cc
低筋麵粉　100g
香草精　少許
白蘭地　1大匙
奶油　10g

作法：
1. 容器中放入蛋、糖、鹽用打蛋器打勻後，加入低筋麵粉、牛奶、香草精、白蘭地繼續打勻。
2. 把奶油煮熔加進去，然後蓋上保鮮膜，置於室溫中約1～2小時。
3. 開中火，平底不沾鍋中均勻抹上一層奶油，再均勻倒入一層薄薄的、調好的麵糊，待表面烤乾就可以拿起來了。

HARBS 千層可麗餅。
5層可麗餅中夾了奇異果、木瓜、香蕉、哈密瓜等各式水果和奶油，最下面一層薄薄的海綿蛋糕。

這是關西地區一家小型連鎖蛋糕店「La Pomme Verte」的藍莓千層可麗蛋糕。

卡奴蕾

材料：

（5個份）

奶油　25g

牛奶　250cc

香草精　數滴

檸檬汁　1茶匙

蛋　1個

低筋麵粉　80g

細砂糖　110g

蘭姆酒　1大匙

烤模用：

奶油　15g

細砂糖　15g

作法：

1.鍋子裡放入牛奶、奶油、香草精、檸檬汁一起煮沸後熄火。

2.容器中放入蛋、低筋麵粉、細砂糖、蘭姆酒打勻，然後把(1)也一起加
進來，拌勻後蓋上保鮮膜，放入冰箱冰12小時。

3.烤模內側塗上奶油，然後撒上一層細砂糖，放冰箱裡約1小時備用。

4.把充分冷藏過的(2)倒入(3)的烤模中，用185℃烤箱烤60分鐘。

卡奴蕾原產於法國波爾多 Bordeaux 。
是一種很特別的甜點，外表呈深咖啡
色，略硬，裡面是蛋黃色，質地柔軟
而有彈性。

法式吐司

材料：

法國麵包一段約10cm，切成2cm
片狀，再切成容易入口的塊狀。

蛋 2個

牛奶 1/2 杯

砂糖 1 大匙

奶油 1 大匙

糖粉 適量

香草精 數滴

作法：

1.蛋2個、牛奶1/2杯、砂糖1大匙和數滴香草精充分混合

2.放入切好的法國麵包，充分浸透。

3.平底鍋裡放入溶化的奶油1大匙，用中火煎。

4.最後用篩子撒上糖粉。

法國人超愛這種長棒狀叫「baguette」的麵包，大概只要 3～4 塊法朗，約合台幣 20 元。
常常可以看到走在路上的年輕人，把裹了一張白紙的長棒法國麵包夾在腋下。
另外有一種吃法是非常普遍的，一段上下對切開的法國麵包，先塗滿奶油放進烤箱烤熱
之後取出，塗上草莓醬；當然，把它撕開浸了咖啡歐蕾之後再吃，也非常美味。

法國麵包一段上下對
切開來。

塗上奶油放入烤箱。

烤熱之後取出，塗上
草莓果醬。

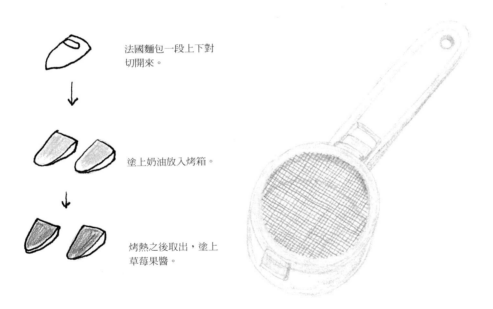

做菜的時候很好用的調羹狀篩子，尤其是做糕餅的時
候，用來撒糖粉、可可粉、肉桂粉等等。

大理石布朗尼

材料：

A 巧克力　135g
　　奶油　45g
　　低筋麵粉　90g
　　發酵粉　6g
　　蛋　2個
　　細砂糖　180g
　　核桃　60g

B 奶油　30g
　　奶油乳酪（cream cheese）　105g
　　細砂糖　45g
　　蛋　1個
　　低筋麵粉　15g
　　肉桂粉　1/2小匙

作法：

A.

1.容器中放入蛋、糖，用打
蛋器攪拌均勻。

2.然後加入低筋麵粉、發酵
粉拌勻。

3.接著加入用小火煮溶的巧
克力和奶油

4.最後加入用烤箱烤過切細
的核桃

B.

1.容器中放入已置於室溫
的奶油和奶油乳酪，用
打蛋器拌勻。

2.然後加入細砂糖和蛋。

3.再加入低筋麵粉和肉桂
粉拌勻。

A、B 部份都做好之後：

1.烤盤鋪上烤盤用紙，把 A
的半量倒入鋪平，然後加
入 B（全部）。

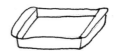

2.再把剩下的 A，全部加
進入，用筷子做成大理
石狀。

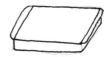

3.放進烤箱用 165℃烤 35
分鐘。

在香港和日本都可以買到這種小小牛角可酥狀的小甜點，老實說，吃起來就像一般上面撒了細糖的牛油千層酥餅乾，並不是什麼特殊的口味，只是巴掌大、畫了可酥飄浮在藍天白雲中的塑膠袋包裝，實在是十分精巧可愛。不過，當我發現它居然原產於德國時，就不免有些吃驚了。一直覺得德國是重裡子而不是很講究外表的，我不記得德國有任何包裝花俏的零食，只記得美味的德國豬腳，和我最喜歡的Müller藍莓燕麥優格。

在巴黎時，最令我著迷的Chausson。Chausson就是長得像拖鞋的蘋果派的意思，一直到法國旅行結束很久了，看到蘋果派還是要買，這種瘋狂行徑大約持續了兩年左右，姑且就稱它為「我的巴黎鄉愁」吧！

想到牛角麵包（croissant），大家聯想到的應該是法國吧（也應該是）！在那裡croissant是非常普遍的一種麵包，大概是除了baguette（長棒法國麵包）以外最普遍的，而我第一次去巴黎迷上的卻不是巴黎的croissant，而是叫做chausson的蘋果派麵包，每天一早出門一定要買了帶在身上。

後來我去了羅馬，卻最喜歡那裡的croissant，裡面滿滿的都是黃色甜而不膩的牛奶蛋糊奶油（custard cream），早晨在街角只有小圓桌的咖啡店裡站著吃croissant喝cappucino，為那時有點反常，居然每天都下雨的羅馬添了幾許暖意。

常常戲稱自己是螞蟻，因為很難抗拒甜食的誘惑！巴黎有很多很漂亮的食品雜貨店，櫥窗裡各式各樣的水果塔、糕點、各種派類，對我真是有莫大的吸引力，我每天必定光顧一次，那裡就連包裝糕餅的紙袋都很特別，做成紙包的金字塔狀，可以提著走。後來在一本日文書上找到它的包裝法，它是這樣紮成的：

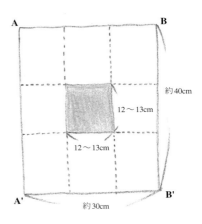

底部放一張 12～13 公分見方的厚紙。

我吃過最滿意的布朗尼（brownie），是香港半島酒店地下一樓賣巧克力和各式紀念品的小店裏賣的 Walnut brownie。它有深淺兩種顏色，顏色深的那種有點苦，我喜歡顏色淺的，它是用吋為計算單位來賣的，每吋港幣 18 元，多年不變；另外這裡賣的瑪芬蛋糕（muffin）是我看過最大的，高度大概有 15 公分，根本就像花盆。

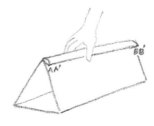

厚紙上放了西點之後，A 與 A'，B 與 B' 並攏，折下 1～2cm。

用膠帶貼到底部去。

可用釘書機固定。

做好紙袋後用繩子纏好。

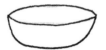

牛角卷小麵包

材料：
卡特基乳酪（cottage cheese） 75g
奶油　25g
低筋麵粉　125g
發粉（baking powder）　1 1/2小匙
牛奶　2～3大匙
葡萄乾　2大匙
核桃（切碎）　2大匙

作法：
1.容器中依序放入卡特基乳酪、奶油、麵粉、發粉、葡萄乾、核桃，然後依麵糰濕度加入牛奶2～3大匙，做成麵糰後，裝進塑膠袋，放入冰箱醒30分鐘。

2.麵糰桿平，分為12等分。

3.捲成牛角狀，置於烤盤上用220℃烤箱烤12分鐘。

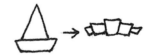

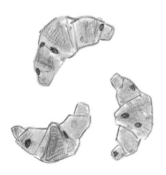

8 Days in Rome

羅馬 8 日遊

戴著手套還是要吃冰淇淋，羅馬的麥當勞很不一樣吧！

在歐洲的時候倒是常去麥當勞，一方面是為了瞭解當地物價，再來是常常因為累極了，沒有精神去尋找和挑剔，麥當勞賣的東西就那些，總不會差太多。

羅馬近西班牙廣場的麥當勞是我去過最特別的，一進去先是一個跟一般小咖啡店沒兩樣的櫃檯，賣咖啡、牛角可鬆、各式冰淇淋等等，要不是那個大大的「M」記號，我真要懷疑這真是麥當勞嗎？沿著舖了彩色小石子的走道往裡面走，旁邊是有燈光投射的噴泉、流水，進到最裡面之後，一邊是賣漢堡、飲料跟一般麥當勞一樣的櫃檯，中間另外有一個面積不小的沙拉吧，賣著各式義式沙拉和硬粿麥麵包再加一個飲料的套餐。

羅馬的消費水準高到令人難忘。因為拿的是不能訂位的免費機票，不知道能不能如期抵達目的地，依照慣例我一向是不預定飯店，都是到了之後再找落腳的地方，羅馬居然讓我們連著打了不下50通碰釘子的電話，然後只好沿街看到招牌就進去問。在問了一早上，才找到一家有3人房，可以讓我們連續住上一個星期的3星小飯店，而住宿費竟高達每天300美金（雖然那時候的匯率大約是25台幣對1美元，但還是驚人的天價），而且後來我還發現那一個星期被我吃掉的錢超過1萬塊台幣……

羅馬的男人也很令人難忘，非常的熱情而且主動。另外，我還發現有許多人臉頰上都剛好長了一顆痣，看起來有點像大明星勞勃狄尼

當時覺得好有趣，又是一個臉頰
上有一顆痣的義大利男人！是不
是覺得他有一點點像勞勃狄尼洛
呢？

洛。有一次我們看到一個臉頰上也有一顆痣長得很帥的站崗警察，忍不住想做觀光客最喜歡做的蠢事——合照，尤其女孩子一多膽子變大，臉皮也變厚了不少。那警察很大方地答應了，那時候正好有部小貨車開過來路邊停車，車主下車後走過來，也要求跟我們合照，我們哈哈大笑，搖頭拒絕了。

我還遇過在路邊已擺好姿勢，正要按下快門的剎那，旁邊正好經過的陌生路人很快地湊過來搭著我的肩，於是我有了一張表情飽受驚嚇與不知名路人的合照；而同去的 Natalia 更被不認識的年輕愛慕者拿著一枝玫瑰花追著跑，一看到就知道是個很年輕的大男孩，問他幾歲？他說20歲；再問他認為我們幾歲？他說他想是18歲吧！Natalia 雖然有點驚魂未定，不過還是挺開心的，因為他猜的答案與我們的實際年齡足足相差10歲。

記得有一次，我們挑了西班牙廣場附近一條靜謐小巷裡的一家義大利餐廳用餐，我們到的時候裡面已經客滿，餐廳外頭的小巷不大，沒有來車，靠著餐廳擺了幾張桌子，反正我們並不介意坐外面，而且10月的羅馬天氣還不錯。照例是吃著餅乾等上菜，先上來一盤沿著背脊中線剖開來炒的大蝦，正準備大快朵頤的時候，來了一個賣花的吉普賽小女孩，我們揮揮手表示不買，她嘰嘰咕咕大聲地說著我們聽不懂的話，遠一點的地方有女人回話，想是正向躲在某處的媽媽報告消息，和尋求指示，兩人一來一往說了幾句話，然後她就走了。

過了大約20分鐘吧，她又來了。這時我們各自盤裡都有中間已吃掉蝦肉的一副蝦殼，她指著蝦殼想拿走，有點不忍，而且旅行的時候心情特別好，並沒有生氣告訴餐廳的工作人員我們被打擾用餐，我拎起我那一大袋餅乾要給她，她不要，執意拿走蝦殼；後來，我們刻意留了一些完整的蝦，因為覺得她會再來，後來她果然來了，我們示意她可以把蝦帶走，她拿了後就一溜煙地跑了。

我們邊吃邊聊，一頓飯終於差不多結束了，當侍者撤走一切，只剩下水杯的時候，小女孩又回來了，這次她指著我放在桌上，剛才要給她而她不要的那袋餅乾，我還是讓她拿走了，食髓知味，令人同情的小女孩。

Ristorante `34´ 餐廳
00187 Roma-Via Mario de Fiori, 34
(Piazza di Spagna)

我對甜食，尤其是長相可愛的甜食毫無抵抗的能力。記得在羅馬的時候就剛好犯了餅乾癮，一旦隨身攜帶的餅乾快吃完了，我就開始到小雜貨店搜尋，起床後出門前得吃一點、逛街的中場休息時間得吃一點，甚至在餐廳點完菜等菜來的空檔也得吃一點⋯⋯

I Ate Baked

在布拉格吃烤卡蒙貝爾乳酪

Camembert
in Prague

卡蒙貝爾（camembert）
乳酪可說是最具代表性的一
種白黴乳酪（white mould
cheese），也就是表面被一層
白色黴菌覆蓋住的軟質乳
酪。卡蒙貝爾乳酪最初是由
諾曼第叫卡蒙貝爾的村莊製
作出來的，據說因為得到拿
破崙的青睞而聲名大噪。老
實說，不慣吃乳酪的人，對
這些有特殊風味的乳酪，還
真有點不習慣呢！

　　記得是4、5年前吧，有
一次搭法航商務艙，由巴黎
飛往東京。餐後，空服員用
排列裝飾得非常美麗的三層
手推車，出來做餐後的點心
服務，最上層放了兩個類似
10吋蛋糕的藍紋乳酪（blue
cheese）和白黴乳酪，一起
去的朋友不明究理，誤以為
是蛋糕，請空服員切了兩
塊，結果那些乳酪對平常根

卡蒙貝爾乳酪，有來自全世界各地的製
品，原產於法國諾曼第。

日本北海道的卡蒙貝爾乳酪

在捷克布拉格舊城小巷裡一家很輕鬆而有個性名叫「HOGO FOGO」的餐廳發現這道烤乳酪的。店窄窄的,但很深,顯得光線略暗。

店主把牆漆成橘紅色,配上鮮綠色的桌子,風格非常另類。

日本雪印乳業公司產的煙燻乳酪（smoked cheese）乍看之下有點像香腸，也有點像太妃糖，適合當成暢飲啤酒時的「下酒菜」。

普第布利乳酪（Petit Brie）是產自法國諾曼第的白黴乳酪，口感和卡蒙貝爾非常類似，它的內盒是易開罐式的罐頭包裝，不像一般薄木片製成的包裝盒，可以有較長的保存期限。

本不吃乳酪的人幾乎就是難以下嚥，何況他又拒絕了之後送來的麵包和可酥。

剛開始吃乳酪的人可以嘗試布爾辛（Boursin）、摩札瑞拉（Mozzarella）之類的新鮮乳酪（fresh cheese）或者奶油乳酪（cream cheese）；另外日本和丹麥生產了眾多加味乳酪，加了藍莓、綠茶、蘑菇、鮭魚等等的；或是喝啤酒時吃的煙燻乳酪（somked cheese，是一種很受歡迎的下酒零嘴）。

本來我對卡蒙貝爾乳酪也談不上喜歡，通常是只吃個一兩口，就會覺得它那帶點苦苦的腥味有點嗆鼻了。有一次在布拉格一家餐館裡，因為好奇，點了一道烤乳酪，那是用一整個卡蒙貝爾乳酪做成的，原來打算只吃

一點，嚐嚐味道就好，沒想到它居然不可思議的好吃。

另外有一種也是產於法國諾曼第的白黴乳酪——普第布利（petit brie），口感跟卡蒙貝爾類似，但更為溫和。當然，如果真的不習慣白黴乳酪的人，也可以將覆蓋在表面上的白黴外層切除，那就更容易入口了。

其實我小時候是很抗拒吃乳酪的，就連吃漢堡的時候都不怕麻煩地願意多等個5分鐘，請服務員幫我做一個

德國產的奶油乳酪，這個系列的乳酪有很多不同的口味，有加了蘑菇或者黑胡椒的，也有加了核桃的，另外還有柳橙、鳳梨、鮭魚和綜合蔬菜等口味。

產於義大利的奶油乳酪，Crema Bel Paese 是保存期限比較長的乳酪。

紐約上西城 Columbus Avenue 的
Isabell's 餐廳，和頭上用4支雷諾
原子筆當裝飾的女服務員。

沒有夾乳酪的漢堡，當年那
些愚蠢的堅持，一直到脫離
學生時代很久了，不再那麼
任性孩子氣了，才開始理性
地嘗試一些原來連試吃都不
肯的東西，在我爸爸的眼
中，我可是一個難纏的偏食
大王。

　　還記得第一次忽然願意嘗
試吃藍紋乳酪，是很多年前
在紐約哥倫布大道上一家叫
Isabella's 的餐廳，我特地點

了一大盆加了切成丁狀藍紋
乳酪很豐盛的沙拉，當時覺
得真是難吃的藍紋乳酪倒不
是最令我印象深刻的，令我
難忘的是那家餐廳裡用4枝
雷諾原子筆，很俐落地把兩
條梳得很光亮的金色長髮辮
固定在頭上的女服務員；還
有坐隔壁桌書卷氣很濃，上
身穿著運動型內衣、腰部中
空、下面是超短熱褲、腳上
是直排輪鞋的小姐，正氣定
神閒地一個人邊聽著 walk-
man，邊悠哉地吃著午餐
呢！那是94年6月，台北才
正要開始流行直排輪鞋之
前，看著她這一身裝束，我
只覺得非常勁爆；另外，工
作的小空檔公然在櫃檯前摟
摟抱抱的男女服務員和店裡
用餐的時尚俊男美女，也使
這家餐廳非常具有可看性。

摩札瑞拉乳酪（Mozzarella）產於義大利，是新鮮乳酪的一種，新鮮乳酪是指未經過醞釀過程在牛奶凝結後去除部分水份而成的乳酪。摩札瑞拉乳酪非常有彈性，可以直接切片後搭配番茄、basil等一起吃，因為加熱融化之後，可以拉出長長的細絲，也常用來做為披薩、千層麵等的材料。

達那藍紋乳酪（Danablu），原產於丹麥，包裝紙上用英、法、德等5種語言仔細地標示著保存方法和保存期限。切開的藍紋乳酪（blue cheese）可以看見散布在乳酪上的青色黴菌所構成的點狀不規則花紋，吃起來辛辣而刺激。

以山羊乳製成的山羊乳酪，常被製成圓型或金字塔型，在法國又稱為「艾菲爾鐵塔乳酪」，這是口感有點酸，質地很軟，很容易可以直接塗抹在麵包上面的新鮮乳酪。吃起來非常清淡，不像卡蒙貝爾乳酪般濃稠黏膩，也不會感覺到山羊乳獨特的氣味。

前菜有加了時蘿草的挪威燻
鮭魚、炒過然後加上番茄和
荷蘭芹二色醬汁的墨魚，還
有搭配洋蔥等蔬菜醋漬物及
肉桂風味蘋果的燒烤豬肉。

包含生菜、小黃瓜和
小番茄的挪威式蝦仁
沙拉。

開胃菜是加了紅蘿
蔔、小黃瓜和芹菜的
炒牛肉沙拉。

熱麵包3種：大蒜
法國麵包、粿麥麵
包和含多種穀物的
小圓麵包。

很多人對機內餐沒什麼好感，批評它們噁心、難吃、不健康等等的，大部份的機內餐的確是含有
很高的熱量和卡路里，但是我們機內固定每兩個月換一次的菜單倒令我滿期待的！畢竟從菜色的
設計到決定，花了工作人員不少的心血。

99年年底的最後兩個月，東京往台灣的班機，商務艙供應的三種選擇裡，有一款主菜就是加了
藍紋乳酪的牛肉，我想這在亞洲地區的航班裡並不多見，因為口味比較重的藍紋乳酪接受度沒有
其他口感溫和的乳酪那麼高，公司方面也提醒我們，在客人點餐時，要特別說明牛肉主菜裡有加
了藍紋乳酪，以幫助客人作選擇。

Main dish/beef (437 kcal)
Beef Cutlet & Meat-ball
"Sweden" style Red-wine sauce
with Rice Pudding, Buttered
 Spinach, Glazed Carrot.

主菜／牛肉
肉丸子和加了藍紋乳酪牛肉片的北歐料理
包括：裹上麵包粉後炸過的加了藍紋乳酪的里肌肉、
奶油菠菜、紅蘿蔔、煎肉丸子，搭配瑞典人聖誕節時
吃的奶油風味的稠粥。

甜點：聖夜（160 kcal）
和風海綿栗子奶油蛋糕
用蛋白打發，加入紅豆和栗子糖漿的
和風海綿蛋糕，用果實、奶油和巧克
力棒做出聖誕節的感覺，底下是用芝
麻醬勾出花紋的巧克力醬。

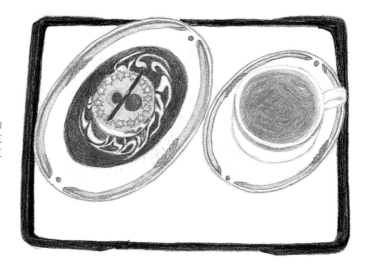

烤卡蒙貝爾乳酪

材料：
1.圓形卡蒙貝爾乳酪 1個100～125g
2.本しめじ 30g
3.火腿 1片
4.白酒 50ml
5.顆粒黑胡椒 少許
6.橄欖油 少許

作法：

1.平底鍋小火煎火腿，兩面煎過之後，火腿先置於盤中備用。把白酒50ml和本しめじ倒入鍋中，加蓋燜煮一下。

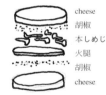

cheese
胡椒
本しめじ
火腿
胡椒
cheese

2.卡蒙貝爾乳酪對切，先撒上胡椒，然後把火腿和本しめじ放上去，再撒一層胡椒。

3.放入150℃烤箱烤5分鐘。

【註】：本しめじ是一種菇類，有的超市叫它鴻禧菇，傘帽沒有洋菇大，卻也不似金針菇那麼小，當然也可以用其他的菇類代替。

摩札瑞拉乳酪沙拉

onion 洋蔥 1/4 個

材料：

摩札瑞拉乳酪（Mozzarella） 1 個

extra virgin olive oil 直餾橄欖
油 1 茶匙

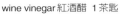

小番茄（cherry tomato） 12 個

wine vinegar 紅酒醋 1 茶匙

basil 乾燥羅勒 3/4
茶匙

black pepper 粗粒
黑胡椒粉 適量

Mrs.Ikee 's Orange

池江夫人的橘子醬棒棒腿和梅酒

Marmalade Drumsticks and Plum Wine

這道橘子醬棒棒腿是跟駕駛 DC-10 型飛機的池江機長的夫人學來的。池江夫婦是同事 Shirley 的忘年之交，因為 Shirley 的關係，一起飛東京的時候我們去了池江夫婦在日本千葉縣印旛郡的家。

我們先去參觀了附近盛開的大片鬱金香花田，還有仿自荷蘭的抽水風車，然後去搭那種類似畫舫的船，大概搭載了四、五十個人吧，進船艙之前得先把鞋脫掉，並且自己保管，不像居酒屋在

池江機長因為有一頭灰髮，所以看起來好像年紀很大了。

出入口有鞋櫃可以放鞋子。

吃過中飯之後，好脾氣又有耐心的池江太太開車載我們去超市採購，然後我們一起幫忙張羅晚餐。我只記得比較簡單的橘子醬棒棒腿和竹筍飯糰，還有如何把新鮮的青梅浸在燒酎中做成梅酒。那天還做了豆腐，除了不停地攪拌之外，其他繁複的細節是一點都不記得了！日本人真是喜歡 D.I.Y.非常不怕麻煩。

池江太太開車載著我們採購完回到池江家的時候，池江先生正用除草機在院子裡除草。不小的院子裡除了一大片草皮還蓋了一間溫室，種了蘋果、甘藍菜等各式蔬果，從客廳到院子是一大片透明的落地玻璃門，庭院也沒有圍牆，從屋裡可以清楚看見外面路上走過去的人或

駛過去的車子。當然，從外面看屋裡亦是一目了然，跟美國的 house 一樣，這真的讓我這種習慣把自己層層鎖在鐵窗裡的台灣人惶惶不安。

池江太太傳授的梅子酒，真的是比賣的 Choya 梅酒都好喝。我做了一大罐，捨不得太快喝完它，結局是有一天我拿出來獻寶，想請客人喝的時候，雞手鴨腳地沒拿穩，在還沒喝到它的客人面前把一大缸梅酒毫無保留地摔得粉碎！

醬汁濃稠的橘子醬棒棒腿。

橘子醬棒棒腿

材料：
棒棒雞腿　350g（約6～7支）
橘子果醬　180g
醬油　70g

作法：
將棒棒雞腿置於鍋中，再倒入橘子果醬
和醬油，先加蓋用大火煮滾，然後用中
火煮到湯汁即將收乾即可，要注意黏鍋
和燒焦。

梅酒

材料：
燒酎（酒精濃度35～40％）　1.8L
冰砂糖　1kg
青梅　1kg

冰砂糖
青梅
冰砂糖
青梅

作法：
青梅先用牙籤去蒂，否則會有苦味。
廣口瓶裡依序放入青梅，然後冰砂糖，
然後再重覆，直到放入所有材料，最後
倒入燒酎，拎緊蓋子，把廣口瓶置於陰
涼處，3個月以後就可以喝了。
【註】：燒酎，即燒酒，為蒸餾酒的一
種。

My Eating Habits

我的飲食習慣

大致說來我是一個隨和而適應力強的人，表現在飲食上當然也不例外。

　　我實在不明白為什麼有些人得天天吃中式食物，連出國旅遊也堅持吃中國菜？理由只有三個字「吃不慣」。既然都出了國門了，為什麼不入境隨俗，讓自己盡量融入當地的生活呢？也許是這些年來東奔西跑養成的習慣，其實我是很少吃中國菜的，甚至想不起來我會做任何中國菜，除了包餃子。

　　出國旅遊的次數是數不清了，但沒有一次是跟團的，只最近一次在溫哥華，為了圖方便而跟了當地團去維多利亞一日遊。那是在利志文（Richmond）加的團，是家由香港人經營的旅行社，同車的人幾乎都是香港或中國出身的，只有四位台灣來的和三位日本人。團費裡包含了午、晚兩餐，我終於領教了旅行團的吃飯方式。吃飯時我們被分成12人一張圓桌，中餐時，先是上來一大桶飯，個人自己去盛，然後是一大盤一大盤的菜，溫哥華的中餐做得是不錯，但維多利亞可不行了，菜做得很怪就算了，大圓桌還不能轉，跟一大群不認識的人面對面同桌吃飯，已經夠尷尬了，還得忍受不用公筷母匙的人、夾菜很兇猛的人，和無視於他人存在大聲說話的人，吃得我一口氣悶在胸口。到了晚上，一看又是同樣的組合──大圓桌的中餐，於是我根本逃之夭夭，寧可不吃。

　　吃東西是漸漸受影響的，以前我不吃生的，現在卻頂愛吃生魚片的，尤其是貝

類，也開始懂得北寄貝、赤貝、帆立貝等等，覺得那些外國人老是點California roll之類的壽司捲簡直遜斃了！就像日本人吃港式飲茶老是只會點燒賣和叉燒包，錯過太多好東西了。

我不算愛吃和食的人，除了生魚片之外，我也不喜歡繁複的懷石料理、炸的各式天婦羅，甚至最近在台灣發燒的日式拉麵都還好，談不上喜歡。我還記得以前我還不懂日文的時候在日本大阪胡亂點的一個烏龍湯麵，麵端來的時候我覺得真是荒唐極了，不知道日本人在想什麼，因為那是一碗年糕烏龍麵！

抹茶粉不只是用來沖泡成飲料的，還可以烘焙做成糕點或者加在義大利麵裡，也可以加在粥裡。

宇治金時丹麥麵包。宇治指的是京都府宇治地方產的宇治茶，金時即金時豆，是紅豆的一種。

這是一種叫做「かのこ」的和果子，裡面是豆沙餡，表面黏了一層蜜豆、青豌豆、栗子。

栗子羊羹。

我的朋友欣怡去了一趟日本回來後，告訴我她終於知道我爲什麼那麼喜歡甜點了，因爲日本的甜點都做得很精緻。我倒沒深究過原因，小時候我並不特別愛吃甜食，但是91年在日本待了兩個月之後，飲食習慣倒眞的改變了不少。

比如說，以前我特別討厭吃豆子，包括一切豆製品，不論是紅豆、綠豆、豌豆、蠶豆、豆芽、豆花等等，反正只要和「豆」扯上關係的，我都不是很喜歡。但日本人非常喜歡紅豆餡的東西，舉凡麵包、各式和果子、冰淇淋、羊羹、宇治金時刨冰等等，紅豆幾乎無所不在，日本眞是一個紅豆王國，而且還分爲顆粒紅豆餡（つぶあん）或是紅豆泥餡（こんあん）。大概是沒得挑，吃著吃著也就習慣了！其實日本的甜食大部份都不是太甜的，以前我絕不吃的羊羹，現在也覺得還可以，尤其是長得很可愛的栗子羊羹和紅甘薯羊羹。在日本紅豆常和抹茶搭配，宇治金時就是最常見的例子。

Hong Kong ,

東方之珠——香港

Pearl of the
Orient

去香港最重要的是 shopping，再來是不管吃不吃得了那麼多東西的吃。

先說港式飲茶，在香港睡醒了就該結伴去飲茶。其實廣東人坐在桌前根本不太吃東西，大多只是喝茶聊天而已。有一次幾個人去飲茶，一位香港朋友也一起去，我們說話、吃東西，忙得不亦樂乎。香港朋友告訴我們，他聽到隔壁桌的客人正在聊我們，說每次見到我們都非常會吃，香港女生都只吃沙拉的，而我們每次都吃掉一大桌子的東西！居然太會吃到讓人記得，而且還被拿出來八卦，實在是有夠丟臉！（竟然也知道我們聽不懂廣東話!?而我到現在還是不太懂廣東話）

不過，那又如何？還得情緒好、身體健康，才吃得下呢！死黨聚在一起，絕對會增進不少食慾。

香港真是萬象之都，瞬息萬變，才沒幾年銅鑼灣那些飲茶的地方居然全不見了，我連那家以前那麼常去的飲茶樓的店名都不記得了（難道是太丟臉了，選擇性的遺忘？）反正出了柏寧酒店往左手邊走，過了百德越南荣餐廳的那條垂直大街上就可以看到店招。

逛街逛累了我最愛去喝午茶的 Joyce Cafe 從 99 年秋天關掉尖沙咀彌敦道 Joyce 4 樓的那家之後，2000 年 5 月又關掉中環嘉軒廣場 2 樓那家，現在只剩中環離地鐵站比較遠的 Exchange Square 那一家。

最近一次去吃午餐，我很勇敢地點了一個沒吃過也沒聽過叫「dosas」的東西，菜

這是已成歷史陳跡的香港中環嘉軒廣場的 Joyce Cafe，是最小、裝潢也最陽春的一家。

單上介紹說它有米做的外皮，上面列了很多餡料，可以挑自己喜歡的。我本來猜是類似春捲的東西，沒想到那米做的皮被煎得黃黃脆脆的，好大一捲立在盤子上，滋味不錯，只是並不知道

dosas 是哪裡的料埋。

廣東人愛煲湯，10年前吧，有一陣子阿二靚湯還開到台北來了。沙田一家飯館賣的「椰青燉鮑翅」我們都很捧場，常常晚上9點多大家剛下飛機就去喝上一盅；

尖沙咀吃北京菜的鹿鳴春也是叫人一想到就會猛吞口水的餐廳，它的雞煲翅（用整隻雞去熬魚翅）、賽螃蟹（雞蛋裡加了干貝去炒，吃起來居然真的有螃蟹的口感）都做得很好，但北京烤鴨倒是片得有點太厚了，嫌油了些！

另外，銅鑼灣的高麗安娜有不錯的韓國烤肉和牛尾湯；舊啟德機場附近賣泰國菜的泰農是很懂得吃又會做飯的香港朋友 Yvonne Sim 介紹的，她在日本航空飛了10幾年，養了一隻完全沒有狗騷味的狗，我管牠叫「香水面紙」；我們也一起去蘭桂坊玩，其中一家叫 The 50s' 的 bar 是她爸爸開的，在裡面坐久了，我嫌冷，她給我叫了熱檸檬水喝，我們品頭

這是被我切開檢視「內部」的 dosas，看得出來外皮很脆吧！全長超過30cm，比盤子直徑都還長呢！

論足地看著那些湊到鎂光燈下跳慢舞的人，有不少是明星，有些組合看起來很可疑，應該是不倫！非常記得她叫我看一個穿「鬆糕鞋」跳舞的女人，我一時無法意會，後來才知道香港人叫「恨天高」做「鬆糕鞋」，其實滿傳神的。

消失了的尖沙咀DKNY Cafe也同樣是我曾去消磨過很多時間的地方，只有黑色和白色極簡風格的室內裝潢，吊在天花板上的螢光幕，不停地播放時裝秀和流行訊息，靠牆的雜誌架陳列各式各樣可以自行取閱的流行雜誌。也許是消費型態不同，在日本做得不錯的時尚cafe在香港卻難以抵擋時代（景氣）的巨輪……

香港甜品屋也是非常有名

換季折扣的時候只要在Joyce店內消費，都可得到Joyce Cafe的折價券，有時候是免費飲料券。

長得很漂亮的醋栗
（gooseberry），是一種吃起來
酸酸甜甜的漿果，在金鐘西武
百貨B1可以找到。

的，賣芒果布丁、各式西米露、糖不甩之類的，或是有養生美容功效的龜苓膏、雪蛤膏等等，那些店通常都高朋滿座，非常擁擠，椅子稍微挪一下都會頂到別人，所以沒辦法耗太久，更別說剛shopping過，提了大包小包的，看是連擱的地方都沒有。

香港因為長期是英國的屬地，食材店裡可以買到很多台灣很難買到的東西，例如：新鮮的Mozzarella水牛乳酪、用來做甜點或是拌沙拉的低脂cottage乳酪等等。因為保存期限短，買的人也有限，在台北專賣食材的店裡，必需要預定才能買到；另外，新鮮的蔬果像是朝鮮薊、無花果、醋栗等等，還有做好10張1個包裝的可麗餅、印度麵包naan等等，在

台灣也是很難見到。以前我常去的金鐘西武百貨B1和尖沙咀海港城1樓的Oliver's都是東西很齊全的食材店。（Oliver's歇業了，西武百貨B1大概也休息了半年之久，重新裝潢，換了名字之後才又重新開張）

p.s.：我真可改名為「失憶症」，反正我姓「施」！跟當年老是一起飲茶的Corrina求證過，那已關門大吉的茶樓叫「麒麟閣」，提起當年事蹟，她笑說是為朋友著想，怕朋友吃太多會變胖，她只好犧牲自己拼命吃，沒想到大家都太為朋友著想了……

Eating

一個人的年夜飯

New Year's Eve
Dinner Alone

這是一頓一個人的年夜飯，在曼谷落腳的飯店咖啡廳裡，不變的3人樂團正唱著「Five Hundred Miles」，而我一個人吃得很起勁，還不忘適時地拍一下手，給他們一點掌聲，拿著鈴鼓的女主唱笑得很燦爛地跟我點頭回禮。

本來大家放假的時候就是我們特別忙碌的時候，尤其是農曆春節期間，飛機班班客滿不說，連那些加開的深

各式各樣的泰國袋以大象圖騰的最受歡迎。

夜班機都塞滿正在興頭上的旅客；因為班次變多了，我們的班表也會變得比較緊一些，所以當了空服員之後，很少在台灣過年。

到曼谷的班機上通常有華籍空服員三名，抵達飯店之後一般活動行程是，先趁打烊之前採購點東西，例如：泰國布包、提袋、一套3百元左右的黛安芬內衣，或者在超市裡尋找滋味特殊的泰國風味食品，像是泡麵、各式沾醬、湯包等等，然後為了消除工作疲勞，再預約一下晚飯之後的泰式按摩。

另外，榴槤、山竺、椰子等熱帶水果也很值得吃，因為跟台灣比價格實在是太便宜了，最後大家會約好一起吃晚飯。

一般抵達飯店到離開飯店前是自己的時間（除非有機

我在曼谷 Indra Regent Hotel 的年夜飯。

這是最受歡迎的泰國泡麵，10包36泰銖，合台幣不到30元。強烈而特殊的風味卻被不習慣的朋友稱為「泰國臭麵」！

不多，名氣不大，沒能讓人認出這是哪家航空公司的制服，我繼續前進，沒有回頭，但回答了他的問題，那邊一聽有回答，居然會說中文就跟我攀談了起來，後來發現我們一起下機的4個居然都是華藉，就說我們團結，都聚在一起，哪像他們隊伍拖得老長，像一盤散沙，看起來沒什麼紀律，我告訴他們，因為他們整班機組員都是華藉，自然感受不出來，但我們有不同國籍之分的話，也不是不跟他們交朋友，不過通常華藉空服員們就會不分年齡的自動聚在一起了。

泰國班很累的，語言不通，通常客艙也比其他航線來得髒亂許多，到飯店天都已經黑了，隔天一早又得從曼谷飛香港，曼谷交通狀況

械固障，或者是颱風、下雪等天候因素，公司會有特別的要求之外）沒有規則規定你要如何如何，但很自然地華藉空服員通常會湊在一起吃飯，我想因為是異地，大家至少認識，還有個吃飯的伴。記得有一次過境中正機場，過境時間很長，我就入境回辦公室去，有些人選擇留在機上睡覺，過移民局前遇到一隊華航機組員，我聽到有人問，這是哪一家公司的？可憐我們公司小，雇員

極其擁塞，如果不幸遇到大雷雨那就更是雪上加霜難以動彈了。因為路上會積水，有時候淹得很深，本來大約40分鐘的車程（早晨6點半從飯店到機場）可能得花上5、6個鐘頭，休息時間很短，肯定是睡眠不足，大家都是透支體力在飛，但泰國菜卻很吸引人，雖然不至於為了吃泰國菜去一趟泰國，但若是被排了泰國班而不好好吃一頓泰國菜的話，就實在是太可惜了！

曼谷全年氣溫都在攝氏30度左右，3、4、5月是他們的夏季，溫度會更高一點，大約37、8度，這次因為忘了帶薄衣服怕被熱昏而放棄跟大家去外面吃晚飯，只得一個人留在飯店裡吃。

加了很多蝦和菇類的泰式酸辣湯──Tom Yam Kung，是絕對不可少的，然後再點個多粉沙拉或者什錦炒河粉之類的，飲料當然是新鮮椰子一顆，一邊聽樂團唱著老歌，一邊享用美味的泰國菜。這裡可沒什麼人過中國新年的。

曼谷◀──▶香港這個航線我們歷經了以前的老飛機DC-10時代，然後B-767，一直到2000年4月公司開始用曼谷基地空服員代替我們飛為止，終於劃下了句點。而曼谷的大眾運輸系統BTS（Bangkok Mass Transit System）也在99年12月開始通車了，雖然接受度並不高（價格跟其他交通工具比，可能貴了一點）但多少可以改善曼谷混亂的交亂。回想這些變遷，還真有點不勝唏噓之感呢！

泰式冬粉沙拉

材料：
冬粉 50g
絞肉 50g
蝦仁 50g
木耳 30g
蔥 1支
香菜 少許
檸檬汁 1大匙
魚露 1/2大匙
砂糖 1茶匙
紅辣椒 3支

作法：
1. 冬粉煮熟，切成10cm左右的長段。
2. 絞肉和蝦仁分別燙熟放涼。
3. 木耳燙熟切絲，蔥切絲。
4. 混合上述材料，然後加入檸檬汁、魚露、砂糖和紅辣椒拌勻，最後撒上香菜。

Rediscovery in Thailand
Thailand

2001 年泰國新體驗

其實，我自己清楚得很，本來我對泰國的確是有點偏見。也許是它的鬱熱，也許是比台北更加混亂的交通（我們班機到曼谷的時間

又正好是下班尖峰時間……），也許是我們一向投宿的飯店實在是太陰暗陳舊了……總之，我從來無法體會到生活在那裡的快樂。

工作是不得已的，排到曼谷班的時候總得去；其他的，像是朋友約了一道去泰國玩，我卻從來沒有加入過，因為不想花錢買不舒服。

但這次為了休息和避寒（台灣的多天有時候還真是冷），去了曼谷和蘇美島（Koh Samui），卻在那裡渡過了一個美好的泰國假期。除了盡情享受美味的泰國菜之外，我居然才第一次去體驗泰式按摩。並在著名的 Jim Thompson 買了一大堆泰絲製品。比較特別的是，我還參加了在曼谷 Landmark Hotel 的 Nipa 泰國菜餐廳的泰國菜教學課程。

老師 Maneerat Amkapeht 是一位來自泰國北部瘦小的女主廚，而那天下午的學生居然就只有我和同去的 Vitas 兩個人，幾道菜下來，我發現做泰國菜其實不難，只要材料對了，全部炒在一起就行了。我們做的幾道菜裡，只有一道比較費工夫，得用手指頭儘量均勻地把鴨蛋液甩在平底鍋裡做成薄薄的網狀鴨蛋皮，再去裹炒過的東西。

以前我總是只去大都市旅行，對那些著名的城市特別著迷，對我來說，旅行是知性而忙碌的，不是用來放鬆

Jim Thompson 總店挑了一條給 Vitas 的領帶，慰勞他為了等我買東西，坐在店裡久候到只好開始讀起背包裡的書。當然，一定要選大象花紋的。

Jim Thompson 可愛但價格昂貴的包包。

真是「不經一事，不長一智」，在台灣、日本都不覺得不對勁的可愛連身泳衣，如果穿到渡假小島去你會覺得自己真是遜斃了！因為，整個海灘只看得到比基尼。

穿這種泳褲的男人十之八九是歐洲人，Vitas 說。

因為北美洲的男人都穿這種的泳褲！

去 Koh Samui 之前，在台北找不到合意的泳裝，到了曼谷和 Koh Samui 之後，也沒找到；本來其實也沒真的很當一回事地去努力尋找，但是當我知道比基尼泳裝的必要性之後，立刻上網在「維多利亞的祕密」大肆採購。現在，我可能為了要秀泳裝而找地方去渡假了。

這種「黛咪」罩杯比基尼，是我最喜歡的款式。

Koh Samui 落腳的「Central Samui Village」所屬的海灘。

心情,過尋常生活的。

　　平時養尊處優慣了,我害怕原始、害怕不文明的地方,也不擅長任何戶外活動……所以這次去蘇美島對我來說,真是一大突破。在這泰國南部的小島上,我天天吃過 brunch 之後就到飯店所屬的海邊去,挑一把傘,他們會幫你把傘撐開,給你大毛巾,然後就可以躺在傘下,戴著太陽眼鏡吹風、看書、假寐,欣賞那些好身材的人和他們刻意曬成古銅色的肌膚,偶爾下去游泳,算是盡到責任了等等。這種渡假方式讓我想起《娃娃看天下》裡的瑪法達和她的小朋友們,漫畫中的他們每次都是這樣消磨假期的,傍晚太陽下山、天氣涼一點以後,再騎著租來的機車去島東北邊比較熱鬧的 Chaweng 逛街、吃東西,或者帶著酒瓶去海邊喝酒、吹海風、聽潮水聲、看月亮、跟狗玩。

　　這樣的旅行其實也不錯,不同的體驗,不同的快樂。

新月型奶油餅

材料：

（可做 12 個）
奶油 100g
糖 24g
低筋麵粉 180g
核桃（打碎） 100g
肉桂粉 1 茶匙

作法：

1.奶油置室溫放軟之後，混合所有材料。
2.麵糰放入冷藏室冰 30 分鐘，然後均分成 12 份捏成新月型。
3.放入 170℃烤箱烤 25 分鐘，再撒上糖粉。

著名的 Jim Thompson 除了絲織品之外，在 Surawong Road 的總店 2 樓還有一個供應餐點的小店，價錢不便宜，但糕點都非常好吃，而這種印有大象圖案紙盒包裝的餅乾，每一家分店都有出售，口味很多種，我最喜歡上面有一層薄薄糖粉的新月型奶油餅。

紅咖哩鴨

材料：
烤鴨 1 隻去骨切成一吋見方
罐裝椰子奶 2 杯
紅咖哩醬 3 大匙
沙拉油 1 大匙
小番茄 對切 10 個
甜羅勒（sweet basil）1 又 1/2 茶匙
檸檬葉（kaffir lime leaves） 3 茶匙
鹽 1 大匙
魚露 2 大匙
糖（palm sugar） 1 大匙
雞湯 1 杯

作法：
1. 沙拉油放炒鍋中，以中火加熱，再加入紅咖哩醬，翻炒混勻後，續加入椰奶 3/4 杯混勻。
2. 加入烤鴨及所有其他材料和剩下的椰奶，煮約 10 分鐘，直到肉煮透，吸收了咖哩風味為止。

蛋網絞肉捲

材料：
蝦仁（切碎）　3/4 杯
豬絞肉　1 杯
花生粉　1/2 杯
洋蔥（切丁）　1/2 杯
胡荽子粉末　1 大匙
白胡椒粉　1 大匙
鹽　1 大匙
蒜末　1 大匙
沙拉油　2 大匙
糖（palm sugar）　1 又 1/2 小匙
鴨蛋　8 個

作法：
1. 熱油鍋，放入沙拉油、胡荽子粉末（ground coriander）、蒜末、胡椒粉、洋蔥炒香。
2. 再加上豬絞肉和蝦、炒熟後，加入花生粉、 palm sugar 、鹽、炒到有點黏性之後熄火。
3. 蛋打勻用拇指以外的 4 隻手指在平底鍋把蛋液甩成直徑 10～12.5cm 的網狀蛋皮。
4. 把炒好的菜小心的裏在做好的蛋皮裡。

Postscript

後記

這本書足足拖了兩年多才寫完，主要原因當然是生性疏懶。2000年夏天整個人覺得很悶，正在盤算換個環境，離開台北。居然要結束這裡的一切前，唯一讓我覺得沒有完成而非常掛心的就是這本書，但掛心歸掛心，我並沒有振作起來完成它。因緣際會，2001年3月底才由朋友牽線到大塊出版社談出版的事，磨磨蹭蹭、拖拖拉拉地好不容易完成了，真是叫我大大地鬆了一口氣。因為消息走漏，四周的朋友頻頻詢問帶來不小的壓力，還有公司老闆非要我在出版之前先給公司公關部過目，檢查內容是否有任何損及公司形象的不當言論……

　　一個工作，一種生活方式持續了10年不免有些無聊，把它們寫下來不只是因為人生需要新的刺激，也是紀念。

　　在外商公司上班得先有一個洋名字，中文發音對外國人來說難度太高。這些年來我註冊的名字是 Yvonne（本公司採「先來先贏法」，後進的華籍空服員不得使用相同的名字）同事和朋友們都這樣叫我，反而比我原來的中文名字更生活化、更容易上口，也更廣為人知。

　　感謝好朋友欣怡給我很多點子，並幫了我很多忙。

編號： CA040　書名： 羨慕の飛行

大塊
LOCUS
文化

讀者回函卡

謝謝您購買這本書，為了加強對您的服務，請您詳細填寫本卡各欄，寄回大塊出版 (免附回郵) 即可不定期收到本公司最新的出版資訊。

姓名：＿＿＿＿＿＿＿＿＿＿＿＿**身分證字號：**＿＿＿＿＿＿＿＿＿＿＿

住址：＿＿＿＿＿＿＿＿＿＿＿＿＿＿＿＿＿＿＿＿＿＿＿＿＿

聯絡電話：(O)＿＿＿＿＿＿＿＿＿＿＿ (H)＿＿＿＿＿＿＿＿＿＿＿

出生日期：＿＿＿年＿＿＿月＿＿＿日 E-mail:＿＿＿＿＿＿＿＿＿

學歷： 1.□高中及高中以下 2.□專科與大學 3.□研究所以上

職業： 1.□學生 2.□資訊業 3.□工 4.□商 5.□服務業 6.□軍警公教
7.□自由業及專業 8.□其他＿＿＿＿＿

從何處得知本書： 1.□逛書店 2.□報紙廣告 3.□雜誌廣告 4.□新聞報導
5.□親友介紹 6.□公車廣告 7.□廣播節目 8.□書訊 9.□廣告信函
10.□其他＿＿＿＿＿

您購買過我們那些系列的書：
1.□Touch 系列 2.□Mark 系列 3.□Smile 系列 4.□Catch 系列
5.□PC Pink 系列 6□tomorrow 系列 7□sense 系列 8□天才班系列

閱讀嗜好：
1.□財經 2.□企管 3.□心理 4.□勵志 5.□社會人文 6.□自然科學
7.□傳記 8.□音樂藝術 9.□文學 10.□保健 11.□漫畫 12.□其他＿＿＿

對我們的建議：＿＿＿＿＿＿＿＿＿＿＿＿＿＿＿＿＿＿＿＿＿＿＿＿
＿＿＿＿＿＿＿＿＿＿＿＿＿＿＿＿＿＿＿＿＿＿＿＿＿＿＿＿＿＿＿
＿＿＿＿＿＿＿＿＿＿＿＿＿＿＿＿＿＿＿＿＿＿＿＿＿＿＿＿＿＿＿

LOCUS

LOCUS